La Main du Bouddha

José Frèches

LA MAIN DU BOUDDHA

roman

XO EDITIONS

ISBN : 978-2-37448-316-0

« Pour comprendre le présent, il faut connaître le passé. »

Tel est le projet de José Frèches avec les Arcanes de la Chine, dont voici le deuxième opus, après *La Petite Voleuse de la soie* (2019).

D'autres histoires suivront, destinées à mieux nous faire connaître la Chine.

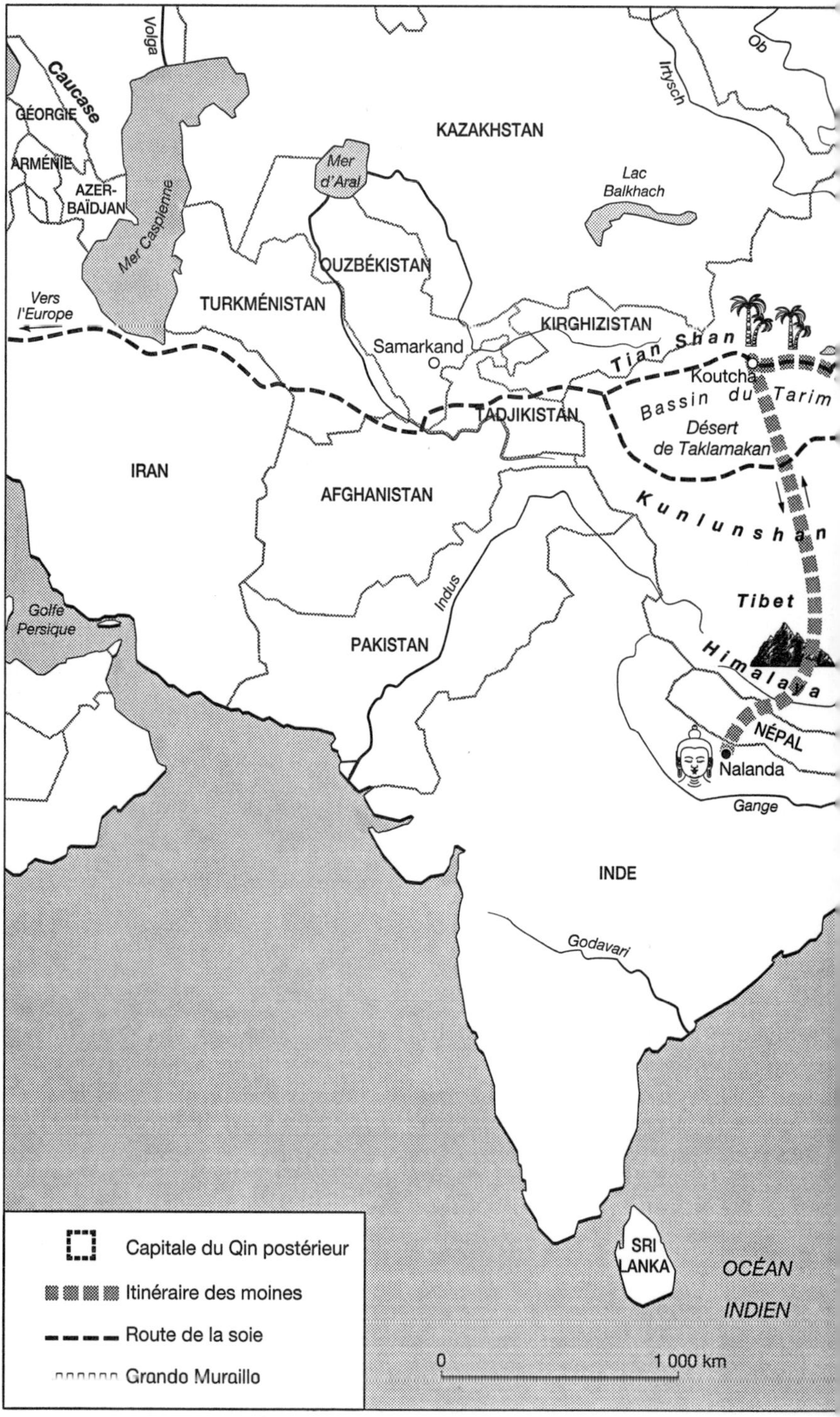

Volga
Caucase
GÉORGIE
ARMÉNIE
AZER-BAÏDJAN
Mer Caspienne
KAZAKHSTAN
Mer d'Aral
Irtysch
Ob
Lac Balkhach
OUZBÉKISTAN
TURKMÉNISTAN
Vers l'Europe
KIRGHIZISTAN
Samarkand
Tian Shan
Koutcha
Bassin du Tarim
TADJIKISTAN
Désert de Taklamakan
IRAN
AFGHANISTAN
Kunlunshan
Indus
Tibet
Golfe Persique
PAKISTAN
Himalaya
NÉPAL
Nalanda
Gange
INDE
Godavari
SRI LANKA
OCÉAN INDIEN
Capitale du Qin postérieur
Itinéraire des moines
Route de la soie
Grande Muraille
0
1 000 km

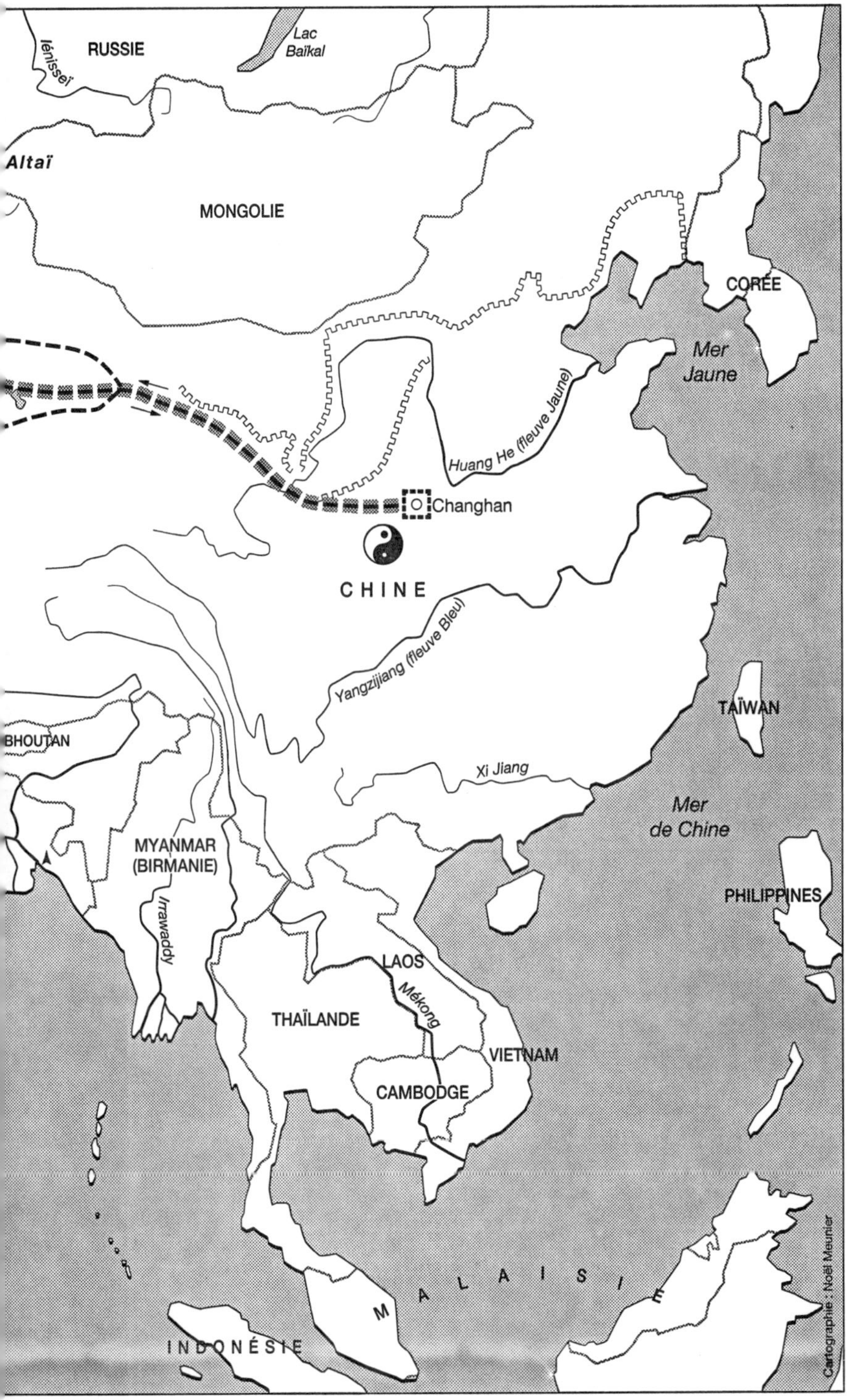

RUSSIE
Iénisseï
Lac Baïkal
Altaï
MONGOLIE
CORÉE
Mer Jaune
Huang He (fleuve Jaune)
Changhan
CHINE
Yangzijiang (fleuve Bleu)
TAÏWAN
BHOUTAN
Xi Jiang
Mer de Chine
MYANMAR (BIRMANIE)
Irawaddy
PHILIPPINES
LAOS
Mékong
THAÏLANDE
VIETNAM
CAMBODGE
MALAISIE
INDONÉSIE
Cartographie : Noël Meunier

1

Mâlâ aux Cent Huit Grains

Maître K ouvrit un œil. Il venait d'être réveillé par des vagissements. Cela avait tout l'air d'un nourrisson affamé.

Le soleil n'était pas encore levé sur l'oasis de Koutcha, au cœur du royaume tokharien, et il gelait à pierre fendre. Maître K alluma sa lampe à huile, s'emmitoufla dans une couverture de laine de yack, puis se précipita vers la porte du monastère du Cheveu, dont il était le supérieur.

À l'époque, celui-ci comptait à peine une dizaine de moines et se résumait à trois baraquements, entourés d'une palissade de planches mal ajustées en guise d'enceinte. Le plus vaste des trois bâtiments servait de lieu de culte et de prière, le deuxième de dortoir-réfectoire à la communauté, et le dernier, le plus exigu, de chambre-bureau à son supérieur.

L'intuition de Maître K avait été la bonne : les cris provenaient d'un couffin posé devant la porte. Son occupant criait famine, et ses gambettes essayaient d'envoyer balader l'empilement de hardes qui le recouvrait presque entièrement.

Entre-temps, Maître K avait été rejoint par Nuage Rouge, son jeune assistant, ainsi que par Terre Pure, un bonze environ du même âge et son compagnon de route le plus proche. Eux aussi avaient été réveillés par les braillements du nourrisson.

Pendant quelques instants, les trois religieux restèrent figés comme des statues, aussi stupéfaits que des poules devant un couteau.

Maître K réagit le premier, en tendant sa lampe à huile à son collègue, puis en extirpant le bébé de son millefeuille, avec les gestes d'un manieur de momie égyptienne susceptible de tomber en poussière à tout moment, ou ceux d'un chercheur d'opales extrayant la précieuse pierre de sa gangue. Le supérieur du monastère du Cheveu n'avait jamais tenu un nourrisson dans ses bras. Mais cela ne l'empêchait pas de posséder une sorte d'instinct paternel, vu la facilité avec laquelle il calma l'enfant en le maintenant contre sa poitrine et en sautillant d'un pied sur l'autre pour le bercer.

Le nourrisson abandonné cherchait le sein de sa mère. À la lueur de la flamme, qui avait fait apparaître son adorable frimousse et ses yeux grands ouverts, sa petite bouche s'entrouvrait et se refermait sur sa minuscule langue, semblable à celle d'un chaton.

Quand Terre Pure demanda au supérieur du monastère comment il fallait appeler l'enfant, Maître K savait déjà qu'il lui reviendrait de s'occuper de ce petit bonhomme qui n'avait pas demandé à être là.

Maître K se tourna vers Nuage Rouge, qu'il considérait, malgré leur différence d'âge, comme une sorte d'*alter ego*. Il est vrai que, doté d'une intelligence lumineuse et d'une mémoire d'éléphant, ce jeune moine, par ailleurs malin comme un singe, connaissait tous les sermons du Bouddha sur le bout des doigts.

— Quel nom lui donnerais-tu ?

— Mâlâ aux Cent Huit Grains[1] ! répondit aussitôt celui qui se serait fait brûler vif pour son patron.

Ce dernier regardait vers l'ouest, du côté de la Chine.

Même si elle était morcelée en plusieurs royaumes, cela ferait bientôt un siècle, par suite de la dislocation de l'empire des Han[2], Maître K aurait donné cher pour faire fructifier la graine du bouddhisme de l'autre côté de la Grande Muraille.

---

1. D'origine indienne, le *mâlâ* est le chapelet des boaprud-dhistes, mais également celui des jaïnistes et des hindouistes. Traditionnellement, il est composé de cent huit grains.
2. En 220 après Jésus-Christ.

2

Beug

Quatre ans plus tard, au cœur du massif de l'Himalaya, à la vue d'une minuscule silhouette qui progressait sur un sentier, un garçon nommé Beug poussa un grognement apeuré, avant de fourrer précipitamment dans sa poche le petit grenat qu'il tenait au creux de sa paume.

Les pommettes de cet adolescent étaient toujours rouges, comme celles des habitants des hauts plateaux du Tibet. S'il n'avait pas été si affolé, on n'aurait pas pu voir ses yeux rouler ainsi. En temps normal, ils demeuraient quasi invisibles, tellement ils étaient bridés, d'où son air perpétuellement inexpressif qui valait à Beug les moqueries des garnements du village. Et ne parlons pas des jumeaux Dalit, les enfants du forgeron, qui, la veille encore, l'avaient traité de « porcelet stupide » en faisant des grimaces et la sarabande autour de lui.

Beug cligna des yeux.

Que venait faire là cet intrus vêtu d'orange ? Et que lui voulait-il ? Beug était inquiet, ainsi qu'en témoignaient son souffle saccadé et les gouttelettes de sueur qui constellaient son visage.

Il s'accroupit derrière le rocher plat sur lequel il avait l'habitude d'exposer ses trésors aux rayons du soleil. Sa main droite serrait très fort le petit grenat qu'il avait découvert dans un éboulis un peu plus tôt dans la matinée, et devant lequel il s'était placé, quelques instants auparavant, après l'avoir posé sur la roche, de telle sorte que la pierre réfléchisse la lumière du soleil dans sa pupille.

Était-ce en raison du handicap mental dont il souffrait, ou pour échapper à sa condition d'« idiot du village » à laquelle il était sans cesse ramené ? Toujours est-il que Beug se réfugiait dans la contemplation de tout ce qui brillait.

Il suffisait du moindre collier, miroir en bronze poli, d'une simple épingle à cheveux en argent ou d'une boucle d'oreille, et ses paupières s'élargissaient, en même temps que ses pupilles, pour une fois visibles, s'illuminaient. Faute de bijouterie à dévaliser, l'adolescent passait ses journées à arpenter les lits des torrents et les moraines à la recherche du moindre éclat. Il rêvait de dénicher une pépite d'or. Il était arrivé à certains habitants du village d'en trouver une, qui scintillait au milieu d'une coulée de neige fondue. Mais c'était très rare. À ce moment-là, au Tibet, personne ne maîtrisait les techniques de l'orpaillage. L'or étant du métal, sa présence à la surface des sols neigeux relevait du miracle. Les rares chanceux qui dénichaient un minuscule grain d'or dans le lit d'une rivière se gardaient d'ailleurs bien d'en faire état. En attendant cet hypothétique gros lot, Beug devait se contenter de silex, de coquillages fossilisés, de cristaux de roche et d'agates.

Un jour, il avait trouvé une opale. C'était une pierre extraordinaire, un paysage miniature à lui tout seul, dans lequel le garçon avait l'impression de se promener, quand, après l'avoir posée sur son rocher, il avait collé dessus un œil, puis l'autre.

Jusqu'à présent, personne n'était venu le déranger pendant qu'il s'adonnait à ces étonnants rituels. Au village, tout le monde se fichait éperdument des faits et gestes de Beug, mis à part le chaman qui arpentait les sommets, à la recherche de plantes médicinales permettant de soigner tant les humains que les animaux.

Un jour d'automne, cet homme-médecine en était redescendu avec Beug, alors tout petit et qu'il prétendait avoir trouvé sous un genévrier millénaire. Cela n'empêchait pas la rumeur de courir que le chaman était en réalité son géniteur. Le père Dalit, forgeron et ennemi juré du chaman, se répandait auprès des villageois en affirmant que si Beug était incapable de parler, c'était parce que sa mère était une panthère des neiges qui se transformait en femme à la pleine lune.

La peur de Beug grandissait à mesure que la silhouette orangée s'approchait de lui et il aurait donné cher pour avaler sa pierre. Cela aurait supposé de la réduire en miettes, comme le faisait le chaman du village, à l'aide de son pilon et de son mortier, lorsqu'il concoctait ses mixtures. Mais ce grenat était si dur !

Son cœur lui battait aux tempes et, malgré l'infime fente qui séparait ses paupières, la panique se lisait dans ses yeux quand il jeta un coup d'œil à la pente vertigineuse, avant d'abaisser son regard vers ses pieds. À cet endroit, le chemin était particulièrement étroit, car taillé à flanc de montagne.

Comme on était à plus de 4 000 mètres d'altitude, l'homme orangé avait le souffle court et peinait à mettre un pied devant l'autre.

Au moindre faux pas, on pouvait basculer dans le vide...

... ce qui arriva quelques instants plus tard, lorsque le pied de l'intéressé, alors en proie au mal des montagnes, buta sur un caillou.

L'homme orangé se volatilisa dans les airs en poussant un cri déchirant qui se perdit dans les montagnes, et Beug attribua ce miracle au grenat qu'il serrait fort dans sa main, comme pour empêcher que la pierre s'envolât.

Désireux d'en avoir le cœur net, le garçon s'élança.

Arrivé sur le lieu du drame, il déchanta. L'homme orangé n'avait pas été avalé par le néant. Il avait été arrêté dans sa chute par une plate-forme rocheuse, à quelques mètres en contrebas du sentier. Il y reposait sur le dos, les yeux clos, sa nuque auréolée d'une flaque de sang qui s'étalait à vue d'œil. L'adolescent avait de la réalité une perception bien à lui. Son cerveau fonctionnait de façon binaire. Tout était noir ou blanc, brillant ou terne – en l'espèce, digne d'intérêt ou pas. Aussi n'arrivait-il pas à opérer de différence entre le non-existant et ce qu'il ne voyait pas. Il observa l'homme d'un peu plus près : outre sa toge, il avait le crâne entièrement rasé. Il s'agissait donc d'un « illuminé ».

C'est ainsi que, dans le coin, on appelait ces personnages vêtus d'orange et qui prétendaient convertir leurs semblables, à coups de prêches qui passaient largement au-dessus de la tête des gens auxquels ils s'adressaient : quand vous manquiez déjà de tout, vous aviez du mal à comprendre qu'il suffisait de renoncer aux biens matériels et à votre héritage, à l'instar d'un dénommé Bienheureux – ainsi les fidèles nomment-ils le Bouddha –, pour ne plus souffrir… Autant faire comprendre à un mendiant ou à un lépreux que, pour échapper à la famine et à la maladie, il suffit d'accepter d'avoir faim ou de tomber malade… Sans parler du fait que les gens trouvaient choquant de voir ces moines, qui ne faisaient rien de leurs journées à part psalmodier des paroles incompréhensibles par le commun des mortels, tendre au coin des rues leurs bols à offrandes. Ceux-là mêmes qui arboraient des chapelets en pierres semi-précieuses ou en ambre, ainsi que de lourdes boucles d'oreilles en argent. Avec de telles richesses, une famille nombreuse aurait eu de quoi se nourrir pendant plusieurs années…

Beug grimaça. L'illuminé n'arborait rien de précieux. En revanche, Beug remarqua que sa main droite continuait à serrer la lanière d'une sacoche en cuir qu'il portait en bandoulière, et qui ressemblait beaucoup à celle que les chamans utilisaient pour transporter leurs poudres et leurs grigris.

L'adolescent aurait bien aimé ouvrir la sacoche, car il était persuadé que, parmi les objets qu'elle contenait, il y en avait forcément quelques-uns qui brillaient… ne serait-ce qu'un collier en perles de verre, comme certains bonzes en portaient…

Pour autant, Beug n'osait pas bouger. Il fuyait les illuminés comme la peste : il avait bien trop peur qu'ils ne lui réclament l'un de ses trésors en guise d'aumône. Et puis sa joue droite gardait le souvenir cuisant de la gifle magistrale que lui avait administrée le seul d'entre eux dont il s'était approché, attiré par l'énorme boucle argentée qui retenait sa toge au niveau de l'épaule. Cet illuminé avait cru que Beug voulait s'apprêtait à la lui voler, alors qu'il voulait simplement la toucher.

Pendant que l'adolescent louchait sur le sac en cuir, le moine, dont les paupières s'étaient entrouvertes, réussit à en extirper ce qui ressemblait à un doigt en argent pur, qu'il brandit en direction de Beug, en murmurant, la bouche déformée par l'effort et la douleur :

« Je m'appelle Nuage Rouge, j'arrive de Nalanda et je compte sur toi pour remettre cela à Maître K. »

Même si l'adolescent ne pouvait pas comprendre ces paroles, il n'en revenait pas de croiser un illuminé si gentil. Et comme un si joli cadeau ne se refusait pas, il s'en empara avec la sauvagerie d'un chien affamé auquel on tend un bout de viande.

La sacoche d'un si généreux donateur ne pouvait que regorger de trésors… Et pourquoi pas compléter sa collection ? Le moine ayant refermé les yeux, Beug, n'y tenant plus, l'ouvrit délicatement et constata qu'elle ne contenait qu'un bol à offrandes dont le cuivre luisait comme un miroir. Les yeux arrondis comme des soucoupes, et brillant d'une lueur que les jumeaux Dalit ne verraient jamais, Beug serrait ses nouveaux trésors contre sa poitrine. Aux anges, il bavait de contentement, et sa salive formait de minuscules bulles aux commissures de ses lèvres. Il sentait son âme gazouiller comme un petit oiseau.

Pour une fois, ce jeune infirme ressemblait un peu moins à la caricature du Tibétain des hauts plateaux. Mais il n'allait pas tarder à afficher de nouveau son air de chiot battu et désespéré.

Satanés Dalit !

Les jumeaux maléfiques avaient assisté à la scène et, après avoir dérobé ses trésors au malheureux Beug en ricanant, s'échappèrent en courant.

Vingt ans après

3

Persil et la Fille sombre

Le Phénix voltigeant était la seule maison close de la capitale à avoir survécu à la chute de l'Empire. En ce quatrième jour du quatrième mois lunaire, P'tit Zhong, son tenancier, un être grassouillet au regard chafouin, n'affichait pas l'hilarité forcée du commerçant cherchant à mieux gruger son monde quand il fit irruption dans la chambre où travaillait Persil. La plus jolie de ses filles rêvassait, les yeux perdus dans les miroirs fixés au plafond.

— Ton prochain rendez-vous, tu peux t'asseoir dessus ! s'écria le tenancier en crachant par terre. Le mec est mort d'une chute de cheval ! Dommage ! Sacré bellâtre qui payait toujours rubis sur l'ongle… Quelle idée de se faire expédier dans les Nuées rouges[1] par un canasson un peu trop irascible !

1. Expression signifiant « mourir ».

P'tit Zhong, après avoir maudit Lu Dongbin, l'Immortel de la Chance[1], en crachant par terre, tourna aussitôt les talons. La jeune femme attendit que le bruit de ses pas dans le couloir s'estompe et que les marches de l'escalier cessent de grincer pour éclater en sanglots, sa tête enfouie dans les oreillers qui s'amoncelaient sur l'immense lit carré qui lui servait d'espace de travail.

Accablée par la nouvelle, elle n'arrivait pas à croire qu'elle ne reverrait plus jamais « Bel Inconnu », ce client dont les visites, qu'elle guettait avec une impatience croissante, avaient lieu chaque huitième jour de chaque mois, suivant le changement de lune – le « 8 » étant le chiffre le plus faste…

Un long frisson lui parcourut le dos à l'idée de la terrible coïncidence qui lui était soudainement venue à l'esprit : cela faisait exactement quatre ans que Bel Inconnu avait fait irruption dans sa chambre, et dans sa vie, telle une tornade rafraîchissante – car l'été, cette année-là, avait été caniculaire.

Persil frémit : le « 4 » était un chiffre maudit ! Il se prononce *si*, comme la mort elle-même… Un quatrième jour de la quatrième lune, il ne pouvait être question de se marier ou, pour un jeune garçon, de prendre le bonnet viril. De même qu'on se gardait d'enterrer les cadavres, de peur que les âmes y demeurent enfermées.

Elle eut un soupir douloureux. Et dire qu'elle ne connaissait même pas le vrai nom de Bel Inconnu !

---

1. Lu Dongbin est considéré comme le plus important des huit Immortels du taoïsme.

Celui-ci n'avait jamais consenti à dévoiler son identité à Persil, mais, par amour pour lui, elle ne lui en tenait pas rigueur. La seule information qu'elle avait réussi à lui soutirer entre deux étreintes – et encore avait-elle dû insister – était que Bel Inconnu était taoïste. Étant donné ses incroyables prouesses au lit, cela n'avait rien d'étonnant, les adeptes de la Voie considérant le sexe comme le meilleur garant d'une longue vie.

Au lieu de s'attarder sur l'image de son visage ravagé par les pleurs que lui renvoyaient les miroirs, Persil s'imagina en compagnie de Bel Inconnu, et se souvenait de son premier « Nuage et Pluie[1] » avec cet amant exceptionnel... Un moment qu'elle n'avait eu qu'avec lui, car le lot quotidien de ses clients n'étaient pour la plupart que des hommes âgés, aussi ventripotents et puants de la bouche qu'ils étaient riches, et dont la verve laissait le plus souvent à désirer !

Ce jour-là, Persil avait été éblouie par la prestance et le regard de feu de cet homme qui, tout en se déshabillant, lui avait demandé de dérouler le petit rouleau peint qu'il avait négligemment déposé sur le lit.

« Le lapin qui suce le poil ». C'était la légende d'une peinture qui représentait un homme et une femme en train de forniquer, à la façon du tenon et de sa mortaise, tant ils étaient imbriqués l'un dans l'autre !

Persil avait beau ne pas avoir froid aux yeux, l'illustration lui avait semblé tellement obscène qu'elle avait

1. Expression utilisée par les taoïstes pour désigner l'acte sexuel.

rougi comme une petite fille. Ne sachant plus où se mettre, elle avait craint de perdre ses moyens et de ne pas trouver la bonne « entrée en matière », c'est-à-dire la formule et le geste destinés à mettre le client à l'aise, y compris le plus timide et le plus gauche – gaucherie et timidité rimant souvent avec générosité !

Alors que, faute de mieux, elle s'apprêtait à demander à Bel Inconnu la signification de la légende en question, il l'avait devancée, l'air amusé, et tout en faisant tournoyer son caleçon autour de son index, lui avait dit qu'il s'agissait de l'une des neuf figures de Nuage et Pluie, telles que les préconisaient une certaine *Fille sombre.*

Face à Bel Inconnu, désormais nu comme un ver et drapeau à la parade, Persil n'avait pas cherché à en savoir plus au sujet de la supposée autrice du plus ancien manuel de l'art de la chambre à coucher, tant elle était fascinée par ce corps d'athlète parfaitement ciselé, pratique intense des arts martiaux oblige. Quand elle l'avait vu bondir sur le lit comme un tigre, elle avait déjà très envie de jouer au lapin.

En matière de Nuage et Pluie, l'instinct supplée largement la connaissance. Qui plus est, Persil était souple comme une liane. Issue d'une lignée d'acrobates, elle avait échoué au Phénix, à la suite de la faillite du cirque familial où elle faisait la joie du public en exécutant, depuis l'âge de trois ans, un numéro de jonglage d'assiettes avec les pieds.

Aussi n'eut-elle pas de mal à faire le lapin, et elle le fit si bien que Bel Inconnu, à l'issue de leur séance de galipettes, déclara avec un enthousiasme non feint qu'il n'avait jamais eu de partenaire d'une telle qualité.

Même si Persil pensait la même chose de lui, elle n'avait pas osé lui avouer qu'elle avait cru être dans la peau d'un explorateur découvrant un territoire merveilleux, et que Nuage et Pluie avait été autrement plus excitant dans ses bras que dans ceux de ses clients habituels, auxquels, depuis lors, elle avait l'impression de faire l'aumône de ses charmes !

La lune suivante, le sémillant taoïste avait apporté une peinture nouvelle, et celle d'après, encore une autre... Et ainsi de suite, de telle sorte qu'à la neuvième lune Persil connaissait, outre le Phénix voltigeant, qui avait donné son nom à la maison close où elle exerçait, le Pas du tigre, l'Attaque du singe, la Cigale bien attachée, la Tortue qui monte, les Écailles de poisson imbriquées et les Crânes aux cous rejoints...

En revanche, elle ne savait toujours rien de son amant, qui faisait toujours comme s'il n'entendait pas ses questions... jusqu'à sa dixième visite. Ce jour-là, alors que Persil s'était de nouveau surpassée à l'occasion d'un Lapin qui suce le poil, Bel Inconnu avait consenti à lâcher, sous le sceau du secret, qu'il appartenait à la secte des Allumés de l'intérieur.

Persil s'était renseignée, ce qui n'avait pas été sans difficulté : les gens ne s'étendaient pas sur les Allumés et leurs opinions divergeaient à leur sujet : pour les uns, c'étaient des bandits de grand chemin vivant de rapines et qui arnaquaient les malheureux paysans ; pour d'autres, il s'agissait de révolutionnaires œuvrant pour le bien du bas peuple. Seule certitude : ces individus portaient un turban jaune autour du front et ils se cachaient dans les montagnes environnantes.

Les apothicaires étant réputés omniscients, Persil était allée trouver celui de son quartier pour lui tirer les vers du nez au sujet de ces fameux Turbans jaunes, ainsi que les qualifiaient les autorités. Le petit homme grassouillet l'avait entraînée dans son arrière-boutique. Là, il l'avait pelotée avec des mains dont les ongles étaient presque aussi longs que les doigts, et lui avait expliqué, tout en suant à grosses gouttes et en bandant comme un étalon, que les révolutionnaires taoïstes prônaient l'amour libre entre adultes consentants... tout comme lui. Heureusement pour notre belle prostituée, l'apothicaire n'étant pas un adepte des arts martiaux, il ne sut pas esquiver le coup de pied dans les parties génitales qu'elle lui administra.

La semaine suivante, elle avait réussi à soutirer une information au patron du Phénix : les Turbans jaunes adoraient la compagnie des femmes, qu'ils traitaient d'égal à égal, contrairement aux Han d'obédience confucéenne qui les considéraient comme du bétail. Elle avait remarqué qu'en disant cela P'tit Zhong avait un petit sourire entendu.

Le taulier de Persil ne s'en vantait pas, mais ses parents étaient des barbares venus de la steppe, ce qui faisait de lui un sous-homme aux yeux des riches Han qui fréquentaient son établissement.

Fixant toujours le plafond, Persil y voyait à présent un corps de rêve : une longue chevelure d'un noir onctueux, tel le coup de pinceau d'un calligraphe ;

d'adorables petits seins pointus, auxquels son partenaire favori trouvait « un air insolent », chaque fois qu'il s'apprêtait à les mordiller ; un bijou en forme d'abeille traversait un joli nombril ; une Vallée des roses, lisse comme un galet, y compris l'entrée...

... tout ce dont raffolait Bel Inconnu qui disait qu'il n'existait aucune rose au monde qui fût si belle et sans aucune épine... Il disait aussi qu'elle avait des yeux de jade. Des yeux à présent encore plus beaux, car mouillés de larmes.

Elle eut un long soupir.

Qu'allait-elle faire, désormais, de tant de splendeurs ? Ce caviar serait-il définitivement réservé à des cochons ?

Elle étouffa un sanglot à l'idée qu'elle n'aurait plus jamais droit à ces parenthèses enchantées qui l'aidaient à supporter son lot quotidien de clients grossiers et malhabiles, avec leurs battoirs à la place des mains, leurs verges semblables à des ceps de vigne et leurs grognements de porcs en rut... L'avantage, avec les éjaculateurs précoces, étant qu'ils repartaient sans demander leur reste, ce qui écourtait la séance.

Et cela, sans parler du fait que, passé trente ans, les pensionnaires du Phénix échouaient dans les bordels ambulants sur la route des Oasis, revendues par leur patron pour une bouchée de pain. Aucune d'entre elles n'avait pu échapper à cette triste destinée, sauf une : la dénommée Grain de Moutarde, qui faisait bien des envieuses, parce qu'elle avait intégré le gynécée du roitelet local, après avoir été repérée par sa directrice, la redoutée Chou Pommé, un jour où celle-ci était venue prospecter au Phénix.

Cela s'était passé avant que Persil n'y travaille.

Depuis, les pensionnaires de P'tit Zhong attendaient comme le Messie la patronne du sérail du souverain du Qin postérieur… Toutes, sauf Persil, qui n'avait aucune envie de devenir l'esclave de luxe de Yao Xing, dont tout le monde s'accordait à dire que c'était un être capricieux, doublé d'un machiste invétéré.

Après avoir jeté un coup d'œil machinal au sablier qui trônait sur son coffre à vêtements, elle se releva, puis essuya les larmes qui ruisselaient de ses yeux jusqu'à son ventre.

Malgré sa détresse, Persil ne pouvait s'empêcher de ricaner doucement, tout en s'aspergeant d'un patchouli bon marché. Le client suivant était un puceau, le fils d'un richissime marchand de tissus. Un homme estimable, de manières plutôt délicates, qui ne jurait que par elle. Lors de sa dernière visite, après avoir joui avec toutes les peines du monde, il lui avait demandé, comme le plus grand des services, si elle voulait bien déniaiser son unique rejeton …

4

La main du Bouddha

Alors qu'à Chang'an Persil s'employait à initier son puceau, à Koutcha, le jeune bonze Mâlâ aux Cent Huit Grains n'en croyait pas ses yeux. Dans la pénombre de la cellule de Maître K, où régnait une chaleur étouffante, le patron flottait dans les airs, tel un duvet d'oisillon ou un akène de pissenlit !

Mâlâ, à qui son patron avait réclamé son grattoir, se pinça de façon à s'assurer qu'il ne rêvait pas. Comme souvent, après avoir succombé à une attaque de sommeil, l'assistant du supérieur du Cheveu s'était assoupi sur la banquette, pendant que celui-ci travaillait. Ce n'était pas la première fois que ce phénomène se produisait. Il se matérialisait par une bande lumineuse qui séparait les fesses du supérieur du dallage sur lequel il était assis en lotus, devant sa lampe à huile. Face à lui, Mâlâ écarquillait les yeux d'émerveillement.

Le grattoir !

Quoi de mieux que ce roseau sur lequel était emmanchée une petite main en bronze et que le supérieur utilisait afin de calmer ses démangeaisons incessantes, pour s'assurer que celui-ci lévitait bel et bien, en passant l'instrument sous son auguste fessier ?

En s'approchant de son patron à pas feutrés, Mâlâ ressemblait à un médecin tenant la seringue avec laquelle il s'apprête à piquer son patient ; mais bientôt, la déception se lut sur son visage quand il constata que Maître K demeurait collé au dallage.

Incapable d'imaginer qu'il avait été victime d'un effet d'optique des plus classiques – à la suite d'un réveil en sursaut, les yeux mettent parfois quelques secondes à recouvrer leur capacité d'accommodation –, Mâlâ aux Cent Huit Grains était persuadé que, si son patron avait cessé de léviter, c'était que lui-même était indigne de contempler ce phénomène extraordinaire… lui, misérable fourmi, alors que Maître K était un éléphant !

Notre jeune bonze déglutit.

Comment un minuscule insecte tout juste bon à arpenter les bouses des vaches pouvait-il espérer rendre le moindre service au plus gros des mammifères de la Terre ? Il avait déjà du mal à demeurer éveillé pendant que le supérieur du Cheveu travaillait… Pour ne rien arranger, ce dernier ne dormait que deux ou trois heures par nuit !

Et ne parlons pas des innombrables manquements à la conduite d'un bonze digne de ce nom dont Mâlâ s'estimait coupable. À commencer par la gourmandise, à laquelle le jeune bonze cédait bien trop souvent, alors que le Bienheureux avait toujours fustigé ce « travers ». Certains supérieurs de monastères prétendaient même que les aliments sucrés étaient un poison mortel pour l'organisme !

Le dernier excès alimentaire de Mâlâ avait eu lieu la veille, alors qu'il mendiait de la nourriture pour la communauté et s'était jeté, tel un chien affamé, sur la galette que lui avait tendue une femme saisie d'émerveillement devant son visage d'ange. Il faut dire que Mâlâ faisait tourner la tête des dévotes, et même celle de certains dévots. Tandis que son palais était tapissé d'un délicieux mélange de miel et d'amandes, il n'avait même pas songé à vérifier s'il piétinait par mégarde des fourmis ou des moucherons attirés par le sucre. Or, ôter la vie – fût-ce involontairement – à n'importe quelle créature vivante était strictement prohibé, car susceptible de priver du nirvana ceux qui auraient pu accéder aux Nobles Vérités[1], une fois qu'ils se seraient réincarnés dans des êtres humains. Maître K le résumait fort bien en ces termes : « Écraser une larve de mouche, c'est alimenter le cycle des réincarnations néfastes. »

Tétanisé par la culpabilité, le jeune moine fixait le sommet du crâne de son patron. Il l'avait toujours trouvé bien plus bombé que celui des autres bonzes,

1. Pilier du bouddhisme, les Quatre Nobles Vérités sont : l'omniprésence de la souffrance (*dukkha*) ; les causes de la souffrance (*samudaya*) ; la cessation de la souffrance (*nirodha*) ; le chemin menant à la cessation de la souffrance (*magga*), également appelé « noble sentier octuple ».

à croire que Maître K était doté de l'*usnishâ*, une bosse au sommet du crâne, comme le Bouddha... Ses lobes d'oreille lui semblaient démesurément allongés, à l'instar de ceux du prince Siddhartha, à cause des lourds anneaux qu'il portait... À vrai dire, le seul signe qui manquait à Maître K pour accéder au rang de « Bouddha vivant », soit d'« Éveillé sur Terre », était l'*urna*, le troisième œil au milieu du front, symbole de clairvoyance, que Mâlâ n'aurait pas été étonné de voir apparaître, vu la part que son supérieur prenait dans le rayonnement des Nobles Vérités.

Non seulement Maître K avait fondé un monastère dans une zone désertique où personne n'avait entendu parler du Bouddha, mais il avait traduit en mandarin *La Triple Corbeille*[1], ce qui lui valait le surnom de « Grand Traducteur ». À cette fin, il s'était lancé dans l'apprentissage du mandarin, dont l'écriture était réservée à une élite fort restreinte, la forme des idéogrammes n'ayant aucun lien avec leur prononciation, et lesdits phonèmes se prononçant selon quatre tonalités différentes. Outre le chinois, Maître K parlait le sanskrit, qui était sa langue maternelle, mais également le persan, le tokharien et le koutchéen, c'est-à-dire les principaux idiomes de la route de la soie. Décidément infatigable, le supérieur du Cheveu s'était attelé aux commentaires de la pensée du Bienheureux, notamment *Le Sutra du diamant*, dont la lecture permet

1. D'après la tradition, les feuilles de palme sur lesquelles figuraient les principaux écrits du bouddhisme furent déposées dans trois corbeilles (*tripitaka* en sanskrit).

d'accéder à la méditation de pleine conscience, et *Le Sutra du lotus de la loi merveilleuse*, un texte d'un tel ésotérisme que Mâlâ peinait à en saisir le sens profond.

Face à un tel puits de science et à une telle abnégation dans le travail, le jeune moine avait du mal à se considérer comme autre chose qu'un misérable avorton, tout juste bon à transporter des feuilles de papyrus, à remplir des gobelets avec de l'encre ou encore à affûter des calames... Un avorton doublé d'un ingrat, vu tout ce qu'il devait à Maître K !

Maître K n'étant pas du style à se tresser des couronnes à lui-même, c'était par les révélations de Terre Pure que Mâlâ avait su tout ce qu'il avait fait pour lui.

Si Terre Pure et le supérieur du Cheveu ne s'étaient pas occupés de Mâlâ quand il était nourrisson, s'ils n'étaient pas parvenus à lui trouver du lait pour le nourrir, le petit n'aurait pas survécu, et ne serait pas devenu l'assistant du supérieur. À l'époque où Terre Pure et Maître K avaient trouvé le bébé, il n'y avait pas la moindre goutte de lait au monastère, les bonzes ne consommant aucun produit d'origine animale. Terre Pure et Nuage Rouge étaient donc partis en chercher, pendant que Maître K berçait Mâlâ, tout en lui soufflant doucement dans le cou pour éviter qu'il ne prît froid, comme une mère l'aurait fait avec son enfant. Cela n'avait pas été chose facile que d'extorquer à un chevrier les quelques gouttes de lait qui avaient calmé la faim du nourrisson. La plupart des éleveurs des oasis accusaient ces moines prédicateurs, qui mendiaient leur nourriture, de leur ôter le pain de la bouche. Pour contourner cette difficulté, Maître K avait contrevenu à la règle selon laquelle l'argent des quêtes devait être réservé à la construction des monastères, en se portant acquéreur d'une chèvre, moyennant espèces sonnantes et trébuchantes. C'est ainsi que la communauté du Cheveu avait accueilli Pashmina, dont les mamelles frôlaient le sol et à laquelle sa barbiche blanche conférait des airs de vieux sage compréhensif, malgré la fixité de ses yeux bleus. Sans elle, Mâlâ n'aurait pas survécu.

Enfant, il était tellement attaché à cet animal qu'il avait connu son premier gros chagrin le jour où, après six années de bons et loyaux services, Pashmina avait été confiée par Maître K à une famille nécessiteuse. Le Grand Traducteur ne s'était pas contenté de jouer les pères nourriciers : par la suite, il avait éduqué et instruit son jeune protégé, auquel il avait inculqué les grandes valeurs du bouddhisme. Dès l'âge de quatre ans, Mâlâ pouvait lire à haute voix les sermons du Bouddha et réciter par cœur plusieurs dizaines des Vies antérieures du Bienheureux. Adolescent, il maîtrisait si bien le concept d'« impermanence » – le fait que rien n'est stable dans l'Univers et qu'il est vain de s'attacher aux choses – que Maître K l'avait chargé de l'enseigner aux novices, alors que la plupart d'entre eux avaient le double de son âge. Cela n'avait pas été sans quelques grincements de dents ici et là, notamment chez Troisième Noble Vérité, le moine chargé du noviciat. Mais aucun des bonzes du Cheveu n'aurait osé mettre ouvertement en question la moindre décision de Maître K.

Celui-ci demeurait figé comme une statue, tout comme Mâlâ, qui retenait son souffle, de crainte de perturber la méditation de son patron.

Le supérieur remercia le jeune moine, et celui-ci se ressaisit à l'idée que, si le Supérieur avait tenu de tels propos, c'est qu'à défaut d'avoir le troisième œil au milieu du front, il l'avait dans le dos ! Sinon, pourquoi aurait-il déclaré :

— Qu'est-ce qui ne va pas, mon petit Mâlâ ? Tu n'as pas l'air dans ton assiette…

Mâlâ lui avait fait passer le grattoir par-dessus son épaule, ce qui était inhabituel, mais il avait voulu faire au plus vite.

Le troisième œil de Maître K lui permettait de lire dans les pensées d'autrui, se dit le jeune moine en venant se planter devant son patron.

Dans ses petits souliers, il lui lança, la voix étranglée par l'émotion :

— Maître K, je suis indigne de vous servir !

Le Grand Traducteur adressa à Mâlâ un regard mi-affectueux mi-goguenard :

— Ce n'est pas à toi d'en juger.

Alors que le supérieur fixait de nouveau le vide, son assistant était subjugué par le spectacle qui s'offrait à son regard.

Éclairé par en dessous, le visage du Grand Traducteur ressemblait à s'y méprendre à celui du « Bouddha squelettique », dont l'effigie en basalte noir trônait au fond de l'abside de la salle de la Repentance. C'est aux pieds de ce Bienheureux n'ayant que la peau sur les os, l'index et l'auriculaire de la main droite pointés vers le ciel, le pouce rejoignant les autres doigts – signe de l'éloignement du mal et des démons –, que devaient s'agenouiller les novices récalcitrants. Certains d'entre eux y demeuraient la nuit entière, et ils n'avaient pas le droit de bouger de un millimètre, sinon le moine de surveillance leur administrait un grand coup de latte. Inutile de préciser que Mâlâ n'avait pas eu besoin de passer des heures aux pieds de ce Bouddha si peu attirant pour comprendre qu'on ne devait pas confondre compassion envers les autres et laxisme vis-à-vis de soi-même.

Après avoir tourné sept fois sa langue dans sa bouche, il parvint à articuler :

— Je m'endors bien trop facilement ! Je roupille pendant que vous vous échinez avec *La Triple Corbeille* !

Un vague sourire erra sur les lèvres du Grand Traducteur.

— À ton âge, on a besoin de sommeil !

Le jeune moine se racla la gorge.

— Maître K, vous êtes trop indulgent à mon égard !

— Toujours la même ritournelle, mon petit Mâlâ… Si tu es là, devant moi, c'est bien que tu en es digne ! Je dirais même que tu le mérites amplement.

Le supérieur hochait doucement la tête. Outre la franchise et la modestie dont son poulain faisait preuve, il appréciait sa rigueur morale et son honnêteté. Mâlâ – tout comme, au demeurant, Nuage Rouge – n'avait jamais tiré le moindre avantage de sa proximité avec celui auquel les moines du Cheveu devaient obéissance absolue. Or, Maître K était bien placé pour savoir ce qu'une vie en communauté est susceptible d'engendrer en matière de connivences malsaines et de jalousies recuites.

Après plusieurs de ces hoquets qui suivent les grands chagrins, le jeune moine ressemblait à un enfant qui se voit pardonner une faute gravissime.

— Vous ne voulez donc pas que je vous gratte ? murmura-t-il. C'est une des rares choses que je sache faire !

Au lieu de la boutade consolatrice qu'il aurait volontiers adressée à son protégé, le Grand Traducteur ne put s'empêcher de gémir.

Il aurait bien aimé se mettre à genoux, la position qui lui convenait le mieux lorsqu'il se faisait gratter le dos. Mais il était incapable de bouger, fût-ce un orteil. Cela faisait plusieurs jours que ses genoux le faisaient horriblement souffrir quand il dénouait ses jambes.

Il soupira.

Bientôt, il ne pourrait même plus adopter la position assise en lotus, celle de la méditation de Grande Conscience. À travers ses paupières entrouvertes, il scrutait le visage de Mâlâ, comme si ce dernier était un bodhisattva – l'être qui se trouve à un stade précédant celui de l'éveil, qui est le propre du Bouddha. Il avait l'impression d'implorer Maitreya, le bodhisattva de la compassion. Ce n'était pas la première fois que Maître K se disait qu'avec ses yeux en amande, ses traits fins et son visage à l'ovale parfait, presque androgyne, son protégé aurait pu servir de modèle à un sculpteur de la vallée de l'Indus. À ceci près que le crâne de Mâlâ était lisse comme un galet, alors que les bouddhas gréco-bouddhiques ont les cheveux bouclés et relevés en chignon.

Face à un tel concentré de beauté et de jeunesse, le vieil homme perclus de rhumatismes aurait donné cher pour que son assistant l'aide à se mettre à genoux en lui tendant une main secourable !

Après avoir ouvert ses paupières, il acquiesça à la proposition de Mâlâ, tout en lui lançant un regard débordant de reconnaissance. Pendant que son assistant passait et repassait la petite main de bronze le long de sa colonne vertébrale, le Grand Traducteur songeait à ces milliers d'heures qu'il avait consacrées à la traduction des sermons du Bouddha. Il ne l'aurait jamais avoué à personne, et surtout pas à son assistant, mais il ne se sentait plus tout à fait le même, depuis qu'il avait achevé de traduire les canons saints en mandarin. Certains jours, tel un sportif de haut niveau à l'issue d'une compétition où il a tout donné, il était submergé par la lassitude et il s'interrogeait sur l'utilité de l'effort surhumain qu'il avait fourni. Tous ces sutras, qu'il avait tellement peiné à transcrire en idéogrammes, avaient-ils la moindre chance d'être reçus par les Han comme il convenait ? Cela supposait qu'ils soient diffusés de l'autre côté de la Grande Muraille, puis lus à des personnes qui ne seraient pas tentées de prendre leurs jambes à leur cou devant les *Quatre Efforts justes*, ces règles de conduite auxquelles doit s'astreindre un bouddhiste : distribuer ses biens aux pauvres, ne pas désirer ce qu'il y a dans l'assiette du voisin, s'abstenir d'écraser la puce qui boit votre propre sang, ne pas se laisser envahir par les pensées négatives... Était-ce bien raisonnable d'expliquer à des personnes dont la plupart ne mangeaient pas à leur faim que, pour abolir ses tourments et faire taire ses crampes d'estomac, il suffisait de s'abstenir de tuer le moindre animal ? Et à des propriétaires de grillons que, métempsycose oblige, s'ils voulaient ne plus souffrir, ils devaient libérer ces insectes qu'ils enfermaient dans des cages pour les faire participer à des concours de chant ?

Si le supérieur du Cheveu avait eu Terre Pure en face de lui, nul doute qu'il s'en serait ouvert à son seul confident. Une dizaine d'années auparavant, il l'avait envoyé à Chang'an, pour qu'il y prêche les Nobles Vérités… sans grand succès, ainsi que l'intéressé le laissait entendre à demi-mot quand il venait rendre compte des progrès de sa mission à Maître K.

La traduction en mandarin du canon bouddhiste ne changeait rien au fait que des gens peinant à joindre les deux bouts et assoiffés de bonheurs simples ne pouvaient comprendre que la voie de l'extinction de la souffrance consistait à renoncer aux biens matériels.

Mais ce douloureux constat n'était rien comparé au secret que le Grand Traducteur continuait à garder pour lui, et qu'il n'avait jamais osé avouer à la communauté. Une faute dont Maître K était persuadé qu'elle n'avait pas échappé au Bouddha, lui qui voyait tout depuis son nirvana, et que le Bienheureux ne lui pardonnerait pas. La preuve : sa divine « main » n'était toujours pas venue à son secours.

La Main du Bouddha : c'était le titre d'un petit opus que le Grand Traducteur, alors tout jeune novice, avait dévoré en cachette. Sa lecture était proscrite, au motif que son contenu était fort éloigné des canons du bouddhisme, et que le Bouddha ne s'était jamais posé en faiseur de miracles...

Cela n'avait pas empêché Maître K d'être enthousiasmé par ce récit où le Bienheureux prend la forme d'une « main invisible » qui dispense les animaux de la jungle de se dévorer les uns les autres pour survivre, en leur fournissant des colliers de fleurs qui, lorsqu'on les porte, suppriment la sensation de faim. Parmi eux, il y avait cette « tigresse blanche aux dents d'argent » et cet « oiseau-lyre à la queue d'or » qui n'avaient pas assez de mots pour remercier le Bienheureux de son « aide providentielle ». Ledit volatile, exténué d'avoir traversé l'entièreté du ciel, avait même été invité par le félin à venir se reposer sur son ventre !

La paume droite de Maître K était plaquée sur sa cuisse. Où était donc passée la « main du Bouddha » ? Pourquoi ne venait-elle pas à son secours, en lui apportant ce qu'il avait perdu, alors même que la tigresse blanche aux dents d'argent et l'oiseau-lyre à la queue d'or avaient eu droit à leurs colliers de fleurs ? Méritait-il une telle ingratitude ?

Il soupira. Ce qui l'attendait, c'était plutôt la réincarnation dans le corps d'un animal destiné à faire le mal, tel qu'un serpent venimeux, un scorpion ou encore l'une de ces minuscules grenouilles dont la peau sécrétait un poison qui vous envoyait *ad patres* en quelques secondes – autant de bêtes impitoyablement traquées par les humains.

Pour tenter de chasser ces idées noires, le Grand Traducteur se concentrait sur les effets de cette petite main de bronze qui grattait délicatement sa colonne vertébrale.

Soudain, il sursauta. Il avait l'impression que son assistant allait plus doucement, comme s'il s'était douté de quelque chose...

Il s'ébroua.

— Merci, mon petit Mâlâ. Je me sens déjà beaucoup mieux.

Après s'être levé avec toutes les peines du monde, il alla s'étendre sur sa couche. En même temps qu'il fixait désespérément le plafond, le Grand Traducteur maudissait sa conduite passée, mais également son état d'esprit actuel.

Un chef n'avait nullement le droit de céder à la panique, et encore moins au découragement !

5

La « prunelle des yeux » de Yao Xing

À Chang'an, une jeune fille vêtue d'une robe de brocart de soie, dont l'ajustement ne cachait rien de son physique élancé, détournait ses beaux yeux bleus en amande de la scène atroce qui se déroulait sous le balcon sur lequel elle se tenait.

Lune Rousse ne supportait pas la vue du « découpage lent », un horrible supplice consistant à trancher en fines lamelles la peau d'un condamné à mort, jusqu'à son décès par hémorragie, celle-ci devant durer le plus longtemps possible. Ce châtiment se déroulait dans une petite arène dont le sol sablonneux était constellé de flaques rouges. Attachée à un poteau par les poignets, la victime était entièrement nue. Il s'agissait en l'occurrence d'un père de famille qui avait été surpris par la maréchaussée en train de dérober une poignée de fèves sur un étalage, car il n'arrivait pas à nourrir sa nombreuse marmaille. Le malheureux tremblait comme une feuille. Face à lui, le bourreau finissait d'aiguiser sa lame en la passant sur une planchette gainée de cuir, tout en jetant des regards inquiets à l'individu qui se trouvait à côté de Lune Rousse.

Roi du Qin postérieur, l'un des royaumes issus de la dislocation de l'Empire, Yao Xing n'aurait raté pour rien au monde les exécutions capitales qu'il ordonnait. Il tenait à ce qu'elles aient lieu dans les jardins de sa résidence, à l'endroit même où, deux siècles plus tôt, le général Cao Cao venait contempler ses pivoines géantes, quand ce tombeur de la dynastie des Han avait besoin de se changer les idées.

Le père de Lune Rousse croyait plus au bâton qu'à la carotte. Il mettait son point d'honneur à être le seul à décider des tourments de ses victimes. Outre le « découpage lent », le choix était vaste. Il y avait l'écartèlement, l'étranglement, la décapitation ou le déboîtage des vertèbres cervicales, le « coup du lapin »...

Le roitelet ayant levé le pouce, le bourreau se mit à l'œuvre avec des airs de chien battu. Il ne fallut pas longtemps à Lune Rousse pour être prise d'une terrible nausée. Même si elle s'efforçait de fixer les cimes des arbres qui s'élevaient par-delà le mur d'enceinte du jardin, les hurlements de la victime lui glaçaient le sang.

— Tu n'as pas l'air dans ton assiette, mon poussin..., susurra Yao Xing à sa fille en la prenant par la taille.

Un tel geste et de telles paroles, ce tyran atrabilaire ne les aurait prodigués à personne d'autre que Lune

Rousse, le seul être auquel il tenait depuis que la mère de celle-ci était morte en couches.

Le souverain du Qin postérieur n'était pas de ces matamores capables de se muer en chatons inoffensifs par amour. Aux yeux de ce veuf inconsolé, aucune de ses cinq concubines n'arrivait à la cheville de sa défunte épouse.

Sur un plan physique, l'intéressé ne payait pas de mine. Il était petit et maigrichon. Et comme il dédaignait le brou de noix, contrairement aux membres de l'élite Han, où l'on continuait à vouloir « faire jeune » quel que soit son âge, ses tempes grisonnaient. Avec sa chevelure négligée, sa moustache tombante, également « poivre et sel », ses pantalons tire-bouchonnés et ses vestes élimées en tissu grossier, Yao Xing était loin de ressembler à un Fils du Ciel, même si la boucle de son ceinturon avait la forme d'un dragon à cinq griffes, l'emblème des empereurs.

Pour expliquer sa peau cuivrée, contrairement à celle des Han de la classe supérieure qui n'exposaient jamais leur visage au soleil, il s'était inventé une ascendance, une tribu de chasseurs au faucon à laquelle il prétendait appartenir, et qui était tout droit sortie de son imagination. Cela étant, notre homme était moins loin du compte qu'il ne le pensait : il l'ignorait, mais ses lointains ancêtres étaient des Xiongnu, des éleveurs de chevaux qui avaient permis au roi du Qin antérieur de soumettre les royaumes combattants, dont les fantassins empêtrés dans leurs lourdes armures ne faisaient pas le poids face aux cavaliers-archers du futur empereur Qin.

C'est à ce sang barbare que Lune Rousse devait ses incroyables yeux aigue-marine, ainsi que son adorable minois au petit nez retroussé.

Le côté « passe-muraille » de Yao Xing lui permettait de déambuler incognito dans les rues de Chang'an et, une fois attablé dans l'une de ses nombreuses tavernes, de tendre l'oreille et d'écouter les propos que les clients attablés tenaient sur son compte... À cet égard, peu lui importait d'entendre plus de récriminations que de satisfecit. L'important était que ses sujets parlent de lui à voix basse, de peur que cela ne tombe dans les oreilles de l'un des sbires du Bureau invisible, la redoutée police secrète du roitelet. Car la principale crainte du roi du Qin postérieur était de ne pas suffisamment en inspirer aux gens...

Rusé – au sens où la ruse, à la différence de l'intelligence, suppose une grande part de cynisme –, le père de Lune Rousse admirait Qin Shi Huangdi, ce despote qui changeait de palais chaque nuit de peur d'être assassiné, et dont la haine de la pensée l'avait amené à faire brûler des milliers de livres. Si son premier objectif était d'avoir un peuple totalement soumis à son bon vouloir, l'obsession du fondateur de l'Empire était l'immortalité. Il ne pouvait pas savoir que les « pilules de longue vie » à base de cinabre que son médecin lui faisait avaler quotidiennement provoqueraient en réalité l'effet inverse.

Yao Xing, en revanche, ne risquait pas de mourir empoisonné par le sulfure de mercure : contrairement à son modèle, il se méfiait autant des taoïstes que de leurs remèdes de longévité.

Comme tout bon tyran qui se respecte, notre roitelet était du genre à s'impatienter pour un oui ou pour un non. Ses désirs étaient des ordres et on avait intérêt à lui obéir sans tarder. Tous ceux qui l'approchaient craignaient son imprévisibilité et ses foucades. En particulier ses serviteurs, qui tremblaient et roulaient des yeux devant lui, comme s'ils allaient prendre des coups de fouet ou être jeté en prison au moindre faux pas. Il est vrai qu'il suffisait que le thé ne soit pas assez chaud, ou que la galette soit un peu trop cuite, pour y laisser sa tête.

Yao Xing avait de qui tenir. Son père, le roi Yao Chang, avait conquis de haute lutte le territoire du Qin postérieur. Cet ancien colonel de la garde impériale était surnommé « l'impitoyable », en raison de son absence de compassion envers les animaux. Ses chevaux, qu'il martyrisait à grands coups d'éperons, en savaient quelque chose. L'un d'eux avait même été décapité par son maître, pour n'avoir pas répondu assez vite à ses sollicitations.

Si le père de Lune Rousse n'en était pas encore arrivé à de telles extrémités, il en était tout à fait capable. Petit, il prenait un malin plaisir à torturer toutes sortes de créatures vivantes : scorpions, lézards, musaraignes et autres lapins. Le jour de ses sept ans, il avait crevé les yeux à un chiot d'une des lices de son père…

Alors que le bourreau poursuivait son sinistre découpage, il affichait le détachement d'un entomologiste en train d'observer une mante religieuse cisaillant le thorax d'une abeille.

Malgré ces airs de ne pas y toucher, Yao Xing ne perdait rien de la torture que le bourreau infligeait au condamné devant ses yeux. Il trouva même qu'il ne faisait pas assez bien son travail. Au lieu de découper la peau du supplicié en fines lamelles, comme un fruit qu'on pèle, l'homme pratiquait des entailles bien trop profondes, au risque de transformer en châtiment expéditif ce qui était censé être un supplice lent... C'est du moins ce qu'estimait le père de Lune, dont les yeux lançaient des éclairs, et sa moue de mécontentement en disait long sur son agacement. Alors qu'il regrettait de ne pas avoir pris les choses en main en descendant lui-même dans l'arène, oubliant qu'il avait renvoyé l'ancien bourreau au motif que sa tête ne lui revenait plus, sa fille, quant à elle, aurait donné tout l'or du monde pour être transportée à mille lieues d'une telle boucherie, même si les gémissements et les râles en provenance de l'arène étaient de plus en plus faibles.

Lune continuait à se concentrer sur le paysage, en ce magnifique après-midi d'automne, où la lumière rasante du soleil transformait les arbres en autant de personnages fantasmagoriques... Surtout les ginkgos bilobas millénaires, qui déversaient sur la capitale du Qin postérieur leurs écus d'or.

S'ils avaient été vrais, les habitants de Chang'an eussent acclamé le Ciel de faire ainsi pleuvoir une telle richesse sur leurs crânes.

Car depuis le morcellement de l'Empire et la chute des Han, rares étaient les gens qui mangeaient tous les jours à leur faim. Pour s'en convaincre, il suffisait d'observer tous ces mendiants qui erraient dans les rues de la ville, à la recherche de la moindre miette de nourriture, et qui se battaient comme des chiens pour un quartier de pomme ou un morceau de « mantou », ce petit pain farci de viande de porc et d'ail et cuit à la vapeur. Quant aux personnes instruites, elles étaient bien moins nombreuses qu'avant. Pis, les rares lettrés n'avaient pas bonne presse. On leur imputait tous les maux dont souffrait la société, de la délinquance des mœurs à la dégradation de la situation économique. Faute d'un système fiscal digne de ce nom, les caisses du Qin postérieur étaient vides. Le peu d'impôt qui y entrait était englouti dans le paiement de la solde des militaires, et, l'argent ayant cessé de circuler, des pans entiers de l'économie relevaient du troc.

Chang'an affichait les stigmates de l'effondrement de la société impériale. Un visiteur qui aurait fréquenté la capitale de l'Empire avant la chute de Han Xiandi, le dernier empereur de la dynastie des Han, aurait éprouvé un immense choc devant le spectacle de ses rues défoncées, de ses façades en lambeaux, de ses marchés fort peu achalandés ; il aurait peiné à reconnaître le parc des Grives chaleureuses, où la crème des mandarins se rassemblait pour disserter, pour calligraphier ou pour peindre ; ses allées disparaissaient désormais sous les mauvaises herbes, tout comme celles du jardin des Oiseaux satisfaits. Au milieu de ce paysage de désolation, les seuls arbres qui n'avaient pas fini en bois de chauffage étaient les fameux ginkgos, car on pensait qu'ils étaient habités par des génies bienfaisants.

Quant au palais impérial, la fameuse Cité interdite, il était occupé par des familles nécessiteuses ; ses cours intérieures étaient envahies par les cochons, les canards et les poules ; ses douves débordaient d'excréments et ses jardins, où l'on cultivait jadis des pivoines géantes et des roses, étaient devenus des potagers où poussaient des piments, des navets et des choux. On comprend pourquoi Yao Chang, une fois Chang'an conquis, avait jugé plus prudent de prendre ses quartiers dans le bâtiment réservé aux Premiers ministres.

Un autre signe de l'effondrement de la Chine était le faible nombre des concubines qu'on trouvait dans les gynécées des divers roitelets qui se partageaient les dépouilles de l'Empire. Celui du souverain du Zhao, qui comptait onze femmes, était le mieux doté ; pour autant, il ne pouvait rivaliser avec les centaines de courtisanes qu'avait eues successivement chaque empereur de la dynastie Han – l'aura d'un Fils du Ciel étant jugée à l'aune de sa puissance sexuelle.

Ce piètre état de la ville n'empêchait pas Yao Xing d'être très fier d'avoir la même capitale que Qin Shi Huangdi, sur les brisées duquel il comptait bien marcher.

En attendant, ses mains étaient crispées sur la rambarde, car sa fille ne lui avait toujours pas répondu. S'étant tourné vers elle, il lui redit qu'il trouvait qu'elle n'avait pas l'air dans son assiette, cette fois avec une pointe d'agacement.

Alors qu'il la regardait de profil, il croyait voir son épouse. Sur un fond de pluie étincelante d'écus d'or venue des arbres, Lune avait le même visage de statue divine que sa mère, et le port altier d'une reine… pourquoi pas celui d'une Fille du Ciel !

Yao Xing caressait un rêve : que Lune Rousse lui succède à la tête d'un Qin postérieur dont les frontières auraient été élargies à celles des royaumes actuels, issus de la dislocation de l'Empire.

Aussi s'était-il mis en tête d'éradiquer la sensiblerie de sa fille en l'aguerrissant. Pour cela, quoi de mieux que d'assister à une exécution capitale ? Mais la mithridatisation tardait à opérer et, au grand désespoir du père, Lune Rousse n'affichait aucune appétence particulière pour ce genre de spectacle. Tandis que le malheureux condamné à mort venait de s'effondrer au bas de son poteau, tel un pantin désarticulé, le bourreau poussa plusieurs grognements de satisfaction.

C'en était trop pour Lune Rousse qui se tourna vers son père.

— Mon estomac me fait horriblement souffrir… J'ai dû abuser du melon d'eau. Il me faut assouvir un besoin pressant.

Devant sa fille qui se tenait le ventre à deux mains dans une tentative désespérée pour accréditer ses propos, Yao Xing n'eut pas le temps de laisser éclater sa colère : une arrivée aussi miraculeuse qu'inopinée fournit à Lune Rousse l'occasion de s'éclipser avant que son père ne lui demande par quel miracle elle avait pu manger du melon d'eau alors que ce n'était pas la saison.

6

La mauvaise conscience du Grand Traducteur

À 1 800 kilomètres à l'ouest de la demeure de Yao Xing, le supérieur du Cheveu aurait été bien incapable de dire pendant combien de temps Mâlâ aux Cent Huit Grains lui avait gratté le dos, lorsque ce dernier, qui ronflait comme un sonneur, fut réveillé en sursaut par la voix de son patron qui lui réclamait du papier et de l'eau.

Les rouleaux de papyrus que Maître K faisait venir à grands frais d'Ispahan, et que l'on devait manipuler avec soin, car le Grand Traducteur exigeait que les feuilles fussent exemptes de la moindre pliure, étaient entreposés dans une pièce mitoyenne à la cellule de Maître K. Mâlâ apporta une brassée de ces tubes d'une légèreté arachnéenne, fit très attention de ne pas les écraser contre sa poitrine, tout en s'en voulant terriblement d'avoir encore succombé à la somnolence… et d'avoir complètement oublié l'eau ! Comme il n'était pas question d'aller la puiser avec les rouleaux, il alla les reposer sur leur étagère et partit en courant vers le puits, qui se trouvait au milieu de la cour du monastère. Sa gourde remplie, il était repassé par la réserve aux papyrus lorsque, arrivé devant la porte de la cellule de Maître K, il tomba nez à nez avec Troisième Noble Vérité.

Outre sa très petite taille, le maître des novices du Cheveu avait des yeux globuleux sous un front immense, un nez quasi sphérique, des jambes arquées et des bras démesurément courts proportionnellement au torse qui, par comparaison, semblait bien trop long. Mâlâ se méfiait comme de la peste de ce personnage au regard chafouin, dont le nom monastique correspondait si peu à la façon dont il se plaisait à mettre ses jeunes ouailles sur le grill en leur posant à brûle-pourpoint des questions doctrinales.

Le visage adipeux de Troisième Vérité dégoulinait de sueur et il suffisait d'entendre son souffle rauque pour en conclure qu'il avait couru comme un dératé. Bien qu'il n'eût pas l'air ravi de voir Mâlâ, il gratifia le jeune moine d'une petite tape sur la joue.

— Dis-moi un peu, Mâlâ aux Cent Huit Grains, quel est le titre du vingtième chapitre de *La Triple Corbeille* ?

L'assistant de Maître K connaissait évidemment la réponse. Mais au lieu de la servir au maître des novices, comme il l'aurait fait en d'autres circonstances – le respect dû aux moines plus âgés étant un principe intangible au sein des communautés monastiques –, il s'engouffra sans un mot dans la cellule de son patron.

Mâlâ connaissait suffisamment le supérieur pour deviner, quand il déposa devant lui les papyrus et la gourde, que celui-ci était particulièrement contrarié. Aussi crut-il bon de ne pas le perturber davantage en lui annonçant l'arrivée inopinée du maître des novices, même si tout portait à croire que ce dernier cherchait à pénétrer dans la cellule du supérieur pendant que lui-même et Mâlâ aux Cent Huit Grains dormaient. Le jeune bonze prit là une sage décision, eu égard à l'ampleur des affres dans lesquelles le Grand Traducteur était plongé.

C'était toujours le cas quand Maître K pensait à Nuage Rouge, entre deux coups d'œil à une petite boîte en bois de teck posée à la tête de sa couche et qui lui servait d'oreiller, de sorte que personne n'aurait pu l'ouvrir pendant qu'il dormait…

Pourquoi ce jeune moine, que le supérieur du Chignon considérait comme une sorte d'*alter ego* et dont les qualités, tant physiques qu'intellectuelles, faisaient de lui son successeur idéal, n'était-il jamais revenu de Nalanda ? Il y avait de fortes chances pour que Nuage Rouge ait été conduit au nirvana par la « main du Bouddha » ! Et le supérieur, comme à l'accoutumée dans ces moments-là, regrettait amèrement de l'avoir expédié à l'autre bout du monde.

Les yeux du Grand Traducteur finirent par se poser sur les papyrus et la gourde. Maître K leva alors le regard vers son jeune assistant… et réprima un sanglot : Mâlâ aux Cent Huit Grains ressemblait tant à Nuage Rouge !

7

Le Gibbeux

L'aubaine dont Lune Rousse avait profité, pour quitter subrepticement la terrasse, n'était autre qu'un petit vieillard bossu, qui lui avait décoché un clin d'œil appuyé au moment où il y avait fait irruption.

Doté d'une barbiche et d'une moustache pareille à du lichen, le Gibbeux avait franchi le cap des soixante-dix ans, un âge exceptionnel à cette époque où l'on en dépassait rarement cinquante. Ajoutée à son immense culture, cette longévité faisait de lui une sorte de fossile vivant. Il incarnait la survivance des temps anciens et révolus, où le culte de l'écrit se transmettait entre les grands intellectuels qui conseillaient des empereurs plus à l'aise dans le maniement du glaive que dans celui du pinceau ou du stylet.

Il ne fallait donc pas se fier à l'allure chétive de ce vieillard malingre, que sa bosse rapetissait et dont les mains déformées par l'arthrose faisaient penser à des racines de ginseng.

Il arrive souvent aux infirmes de compenser leur handicap en atteignant l'excellence dans un domaine qui leur est accessible : en l'occurrence, le vieux bossu était un véritable puits de science. Il connaissait ses classiques sur le bout des doigts. Il les avait ingurgités à la campagne, où sa famille s'était réfugiée après l'assassinat de Han Xiandi, dont son père était le grand archiviste. Ce dernier étant convaincu que l'Empire serait rapidement restauré, il avait pris soin d'emporter avec lui la dizaine de milliers de planchettes de bambou que renfermait la bibliothèque impériale. Faute de place dans la maison familiale, elles avaient été entreposées dans trois greniers. Assis au milieu des sacs de céréales, le Gibbeux les recopiait inlassablement, jusqu'à les savoir par cœur. Puis le jour venait où il pouvait les réciter à son père. Ce jour-là, le nez collé aux claires-voies du bâtiment, les gamins du voisinage, l'air mi-ahuris, mi-apitoyés, assistaient en se poussant du coude aux exploits du petit bossu.

C'est donc dès l'adolescence que le cerveau du futur stratège de Yao Xing avait emmagasiné tout le savoir de son époque. La tête pleine, mais également bien faite, le Gibbeux avait l'esprit ouvert, contrairement à son père qui ne jurait que par Confucius, le « grand sage du pays de Lu », et qui dénigrait Lao Zi, dit le Vieux Sage, auteur du *Livre de la Voie*. Il appréciait autant *Le Classique de l'Invariable Milieu*, un texte où Confucius prône la modération et le relativisme, que *Le Livre de la Voie*, ce long poème en prose taoïste qu'il avait dévoré dans le dos de son père qui n'y voyait qu'un « tissu d'abstractions sans queue ni tête ».

L'effondrement de l'Empire n'avait pas fait reculer l'aversion des confucéens pour les taoïstes, mais le Gibbeux avait l'esprit bien trop large pour partager ce genre d'*a priori*. Il savait qu'à une époque taoïsme et confucianisme faisaient bon ménage. Il considérait que l'on pouvait être un « homme de bien » sans pour autant voir dans la pensée de Confucius l'alpha et l'oméga de la morale individuelle.

Ce jeune prodige intellectuel végétait au fin fond de sa campagne, quand le père de Yao Xing, qui cherchait un stratège, l'avait convoqué. L'entretien d'embauche avait duré moins de cinq minutes. À l'instar des autres roitelets qui se disputaient les lambeaux de la Chine impériale, celui du Qin postérieur ne maîtrisait pas le moindre idéogramme. Cela ne l'empêchait pas de faire sien l'adage du Premier Empereur, selon lequel « ce qui n'est pas gravé dans le bronze ne saurait devenir intangible » – raison pour laquelle, à l'époque, les lois et les décrets n'entraient en vigueur qu'une fois gravés sur d'immenses tripodes Ding ou vases Hu.

Lors de ce premier contact, le Gibbeux avait sorti à Yao Chang l'équivalent d'un brelan d'as en lui parlant du *Traité des punitions et des récompenses* de Han Feizi, dit le Bègue, le grand théoricien du légisme, une légitimation du gouvernement par la terreur, qui correspondait parfaitement aux vues du père de Yao Xing. Le père nourrissait de grandes ambitions pour son fils et il avait chargé le Gibbeux d'enseigner au jeune garçon les bases de l'écriture et de l'histoire.

Cependant, les résultats de l'élève n'avaient pas été à la hauteur des efforts déployés par le professeur. Yao Xing maîtrisait tout au plus une cinquantaine d'idéogrammes, et il n'avait jamais ouvert de lui-même le moindre livre. Même s'il considérait son vieux stratège comme une potiche inutile, il ne l'avait pas renvoyé à ses chères études, en raison de l'affection que Lune Rousse lui portait. D'ailleurs, il n'avait pas encore jugé bon d'abolir le rituel que son père avait institué il y a fort longtemps : une promenade vespérale hebdomadaire en tête à tête avec le Gibbeux. Elle avait lieu dans le fameux jardin aux pivoines, où le vieux bossu distillait ses conseils à l'empereur à voix basse et avec une grande économie de gestes.

D'où l'étonnement quelque peu amusé du père de Lune, quand le vieux lettré déboula sur la terrasse en faisant de grands moulinets avec les bras et en hurlant :

— Majesté, je crois bien avoir trouvé la martingale : rien de tel que des agapes pour faire converger entre elles les religions sous le Ciel. D'après ce qu'on dit, Creux du Vide est un fin gourmet ! Et je lui concocterai le menu du siècle !

La surprise passée, le roitelet afficha une moue de colère. En d'autres circonstances, il eût pouffé de rire, lui qui, contrairement à ses contemporains, méprisait les plaisirs de la table… Comment ce vieillard, que l'on disait omniscient, pouvait-il prétendre qu'un simple festin unifierait les points de vue des uns et des autres ? Mais si Yao Xing était à ce point contrarié qu'il ne s'était aperçu que Lune en avait profité pour lui fausser compagnie, c'est qu'il ne supportait pas que quiconque prononce devant lui le nom de Creux du Vide. Il est vrai que l'existence même des Turbans jaunes et de leur charismatique chef le renvoyait à sa propre impuissance.

Le signe de ralliement de ces rebelles taoïstes, avec lesquels Yao Chang avait noué une alliance lors de sa conquête du Qin postérieur, était le foulard, de la couleur réservée au seul empereur, avec lequel ils ceignaient leur front. Véritable État dans l'État, leur organisation contrôlait une vaste zone dont l'épicentre était la chaîne montagneuse des Coussins Rouges, située à l'est de la capitale et dominée par le Nid d'aigle, la forteresse où ils avaient établi leur quartier général, lui-même surplombé par un donjon que d'aucuns appelaient « Phallus de la Voie » depuis que Creux du Vide y avait élu domicile. Les rebelles qu'il avait sous sa coupe étaient parfaitement organisés ; ils rançonnaient les commerçants, pillaient les greniers publics et détroussaient les riches voyageurs, tout cela au nez et à la barbe des autorités du Qin postérieur. Leur dernier fait d'armes ayant eu lieu à quelques encablures de la Cité interdite, Yao Xing bouillait intérieurement, à en croire la façon dont ses mains semblaient vouloir broyer la balustrade.

Que n'aurait-il pas donné pour voir le chef des Turbans jaunes découpé en lanières dans la petite arène aux supplices ! Mais cela ne risquait pas de se produire de sitôt, car ces bandits étaient plutôt bien vus par la population, surtout par ses couches les plus pauvres, auxquelles ils faisaient miroiter l'avènement de la Grande Paix, une nouvelle ère où chacun mangerait à sa faim et où tous les hommes et même toutes les femmes seraient « égaux sous le Ciel ». Ainsi, rares étaient les familles paysannes qui ne comptaient pas un Turban jaune en leur sein… Si bien que lorsque les autorités arrivaient sur les lieux de leurs méfaits, les rebelles taoïstes s'étaient évaporés… et comme par hasard, personne n'avait rien vu ni entendu…

Le Gibbeux se racla la gorge, car Yao Xing n'avait toujours pas répondu.

— Tu sais ce que je pense de ta marotte ! lui lança le roitelet. Décidément, tu as du temps à perdre…

Alors que Yao Xing dévisageait le vieux bossu telle une bête curieuse, celui-ci lui rétorqua, piqué au vif :

— J'ai toujours estimé qu'un retour en grâce des taoïstes aurait des effets bénéfiques pour votre royaume. S'agissant des religions venues de l'ouest, l'évêque Nicodème m'a déjà fait savoir qu'il acceptait de venir manger chez moi… Il me reste à contacter le révérend Terre Pure.

Yao Xing cracha par terre.

— À mon avis, ce vieux bonze n'en a plus pour longtemps avant de passer l'arme à gauche. Pour ce qui est de l'évêque chrétien, j'espère que tu as pris la précaution d'obtenir l'accord de sa femme. Au dire du Bureau invisible, c'est elle qui porte le pantalon…

Tandis que le père de Lune Rousse éclatait d'un mauvais rire, le Gibbeux ajouta, en joignant les mains :

— La construction d'un État digne de ce nom suppose que l'ensemble des religions sous le Ciel en soit partie prenante… Et puis mes invités auront droit au menu des quatre-vingt-huit plats ! Un festin digne d'un roi !

Yao Xing se tapa sur les cuisses.

— Je parie que ton révérend Terre Pure ne pourra pas toucher aux trois quarts de tes mets ! À moins que tu demandes au cuisinier de s'en tenir aux légumes et aux galettes de millet ! Dans ce cas, je plains tes autres invités !

Le roitelet avait toujours considéré les adeptes du Bienheureux comme des imbéciles, avec leur principe de non-violence qui les amenait à ne jamais rendre coup pour coup. Sans parler du respect qu'ils avaient pour les animaux, qui les empêchait de marcher sur une puce. Et de leur croyance dans la réincarnation, une ineptie !

Seul avantage, à ses yeux, de ces moines vêtus d'orange et qui mendiaient leur nourriture au coin des rues : ils n'étaient pas de dangereux révolutionnaires, contrairement aux Turbans jaunes !

Cela n'avait pas empêché Yao Chang de faire décapiter les malheureux bonzes restés à Chang'an, au motif qu'ils étaient quatre, le chiffre abhorré par ce féru de numérologie. Outre sa croyance dans les nombres, le père de Yao Xing avait transmis à son fils celle de la lecture de l'avenir grâce aux brins d'achillée.

Or, ce jour-là, le père de Lune traquait les « 3 ». C'était le nombre des tiges qui avaient jailli du pot lorsqu'il l'avait secoué, à peine sorti de son lit, afin de connaître le chiffre sous lequel la journée allait se dérouler. À cet égard, il avait déjà remarqué que trois corneilles sautillaient sur la pelouse, au moment où le bourreau avait commencé son opération de découpage, de même que ce dernier avait laissé choir sa dague à trois reprises ! Pour éviter qu'il échoue une troisième fois à remonter le corps du condamné le long de son poteau, Yao Xing l'avait foudroyé du regard, tout en faisant le geste de se couper la gorge avec le tranchant de la main.

Tandis que le bourreau obéissait à son souverain avec des airs de chien battu, le Gibbeux fut interrompu dans son élan à la vue du flot de sang qui avait jailli de la gorge du père de famille.

Le vieil homme haïssait la violence. Il voyait en elle un recul de la civilisation et attribuait le recours excessif de la force à l'affaiblissement de l'État et à la perte de tout sens civique de la part des mandarins censés le diriger.

Comme tout bon technocrate, le Gibbeux assimilait le gouvernement d'un État aux mécanismes d'une horloge nécessitant de bons horlogers et il faisait partie de ceux qui font plus confiance aux chiffres, aux faits et aux données qu'aux rapports de classe et aux idéologies dans lesquelles ils ne voient que de dangereuses utopies.

Féru d'histoire, le vieux lettré était par ailleurs bien placé pour savoir que les idées peuvent donner naissance aux pires tueries, et même s'il était moins écouté, il avait toujours pour objectif de fédérer les différents courants de pensée qui avaient pénétré la Chine.

Tel n'était pas l'objectif de Yao Xing. Il se fichait comme d'une guigne des idées en provenance de la

« Barbarie », le terme avec lequel les Han désignaient le monde extérieur à leur Grande Muraille. La première fois que le Gibbeux lui avait parlé de « faire travailler ensemble » le chef des taoïstes, le moine bouddhiste et l'évêque chrétien, le roi du Qin postérieur avait ri au nez de son vieux stratège. Quand on lui avait signalé l'arrivée à Chang'an du révérend Terre Pure, le père de Lune Rousse avait haussé les épaules, et il n'avait pas entièrement tort. Les discours des bonzes sur les bienfaits du détachement envers les biens matériels rencontraient fort peu d'écho, vu la misère ambiante. Quant à l'évêque chrétien d'Orient, le peu de crédit dont il jouissait auprès des habitants tenait plus au pain azyme que son épouse distribuait aux fidèles à l'issue des offices qu'à ses prêches sur un dieu unique prénommé Yahvé qui aurait consenti à la venue sur Terre de son fils.

À l'époque où le Gibbeux était encore en grâce, quand il se lançait dans des considérations sur la « société harmonieuse », où chacun devait pouvoir manger à sa faim, donner une bonne éducation à ses enfants et travailler pour le « bien commun », Yao Xing avait le plus grand mal à l'interrompre.

Étant donné les circonstances, le vieil homme jugea préférable de se contenter de dire, son index pointé vers le ciel :

— Une table, ça a besoin de quatre pieds pour tenir debout…

— Merci du conseil ! rétorqua le père de Lune Rousse, dont les doigts pianotaient nerveusement sur la rambarde, pendant que le cadavre du condamné à mort était chargé par deux sbires dans une brouette.

L'énervement de Yao Xing n'avait pas échappé au Gibbeux, dont le dos était encore plus courbé.

— Au lieu de perdre ton temps avec ces imbéciles, tu ferais mieux d'initier Lune Rousse au style de chancellerie ! ajouta Yao Xing, tout en gratifiant le vieux lettré d'une claque sur sa bosse.

À la simple évocation de ce genre calligraphique – peu ou prou l'équivalent des majuscules dans l'alphabet latin –, largement tombé en désuétude depuis l'effondrement de l'Empire où il servait à écrire les textes officiels, le vieux stratège affichait néanmoins le sourire du gosse qui s'attend à recevoir une gifle et qui se voit offrir une friandise.

À l'idée d'enseigner à sa chère petite Lune Rousse l'écriture des lois et des décrets, le Gibbeux était aux anges. N'ayant pas eu d'enfants, ses rapports avec la fille de Yao Xing auraient pu être comparés à ceux d'un grand-père avec sa petite-fille, et il prenait d'autant plus à cœur le fait de la former à l'écriture et au déchiffrement des classiques, ainsi qu'il en avait été chargé par le roi du Qin postérieur.

Du genre à avoir une éponge à la place du cerveau, Lune, contrairement à son géniteur, se révélait une élève brillante. Elle maîtrisait désormais deux bons milliers d'idéogrammes et aurait été capable de réciter dans l'ordre les noms de famille, ainsi que ceux de règne, des empereurs qui s'étaient succédé depuis Qin Shi Huangdi. Seule ombre au tableau : cela faisait plusieurs semaines que le professeur trouvait son élève moins attentive.

Rasséréné à l'idée que cela allait devoir changer – l'apprentissage du style de chancellerie nécessitant une grande concentration –, le vieux bossu s'écria :

— Je comptais justement vous parler de votre adorable fille.

On imagine facilement sa stupéfaction, lorsque Yao Xing lui répondit :

— Pas ce soir. Je n'ai pas le temps de faire la promenade avec toi.

Ses yeux toujours rivés sur les cimes des ginkgos, le Gibbeux ne s'était pas aperçu qu'un géant tatoué était, entre-temps, venu chuchoter quelque chose à l'oreille du roitelet.

Longévité dans la peau, qui appartenait au Bureau invisible, tenait ce nom des huit tortues, les animaux symboles de longévité, qui décoraient son dos – tandis que sur chacun de ses énormes avant-bras était inscrite une des deux premières strophes du *Livre de la Voie* : « La Voie qui peut être exprimée par la parole n'est pas la Voie éternelle ; le nom qui peut être nommé n'est pas le Nom éternel... »

Le vieux lettré se méfiait de ce malabar, qu'il considérait comme une brute épaisse.

Quand il s'aperçut que celui-ci le regardait avec un petit sourire goguenard, son sang ne fit qu'un tour, et lui qui érigeait la politesse en vertu cardinale, y compris vis-à-vis des gens de peu, il quitta la terrasse sans un mot ni un regard pour le père de Lune Rousse.

8

Le lettré venu de nulle part

La plupart des potentats se croient invincibles, se comportent comme des enfants capricieux, mêlent la paranoïa à la mégalomanie, sont sujets à des foucades et éprouvent des difficultés à appréhender le réel. Mais ce sont précisément ces traits de caractère, détestables aux yeux des gens « normaux », qui leur ont permis d'arriver là où ils sont.

Aussi, pour gagner la confiance de ce genre de personnage, doit-on allier psychologie et cynisme. Et surtout manier la flatterie. C'est-à-dire jouer la petite musique qui plaira aux oreilles du prince.

C'était le cas d'Élévation des Rites, la nouvelle coqueluche de notre tyranneau. Aussi, quand il fit savoir au roitelet, par l'entremise de Longévité dans la peau, qu'il souhaitait lui parler de toute urgence, Yao Xing le rejoignit-il immédiatement.

Assoiffé de gloire et de reconnaissance, celui-ci prenait un immense plaisir à écouter les propos que lui distillait ce lettré venu de nulle part, à l'abri des regards indiscrets, dans la salle d'armes que le roi du Qin postérieur avait fait aménager au sous-sol de son palais.

C'est là qu'Élévation des Rites, par ailleurs velu à souhait, feignait d'examiner un sabre d'entraînement, sous une rangée de crânes humains que collectionnait le roitelet, lorsque Yao Xing entra, sourire aux lèvres, narines dilatées par l'excitation, et s'écria :

— De quoi as-tu souhaité me parler de toute urgence ?

— Votre Majesté, cette nuit, j'ai rêvé que vous receviez le mandat du Ciel !

Bien qu'ayant pris goût aux propos d'Élévation des Rites – loin des sempiternels conseils de prudence et autres admonestations du Gibbeux relatives au piteux état des finances du royaume –, « Sa Majesté » fit la moue. Un instant avait suffi à l'amateur de flatteries pour laisser place au tyranneau atrabilaire qui n'aimait pas être dérangé pour rien.

Ôtant brutalement le sabre des mains du lettré, il lui jeta :

— À la bonne heure ! Et tu oses me déranger pour me parler d'un vulgaire songe ?

Face à cette colère froide, Élévation des Rites, qui s'était hâté de courber l'échine, répondit d'une voix mielleuse :

— Votre Majesté, il s'agit de votre fille, Mlle Lune Rousse.

La main du tyran se crispa sur le pommeau de l'épée.

— Qu'est-ce à dire ?

— Il me semble vous avoir entendu souhaiter que Mlle Lune Rousse devienne la Fille du Ciel, lorsque vous-même serez parti dans les Nuées rouges…

La perspective de voir sa fille lui succéder était indissociable de celle de sa propre mort. Aussi Yao Xing affichait-il un air déconfit quand il marmonna, comme à regret :

— Exact !

— Avant cela, Votre Majesté, il me semblerait opportun que vous lui trouviez un bon époux… de préférence un Han de pure souche… Votre nouvelle dynastie y gagnerait en termes de légitimité…

Sa phrase débitée sur un ton neutre, Élévation ne put réprimer un petit gloussement de satisfaction.

Face à tout autre interlocuteur, Yao Xing aurait tiqué devant cette allusion à peine voilée à ses origines sang-mêlé. Mais au lieu de cela, il éclata de rire en se tapant sur les cuisses :

— J'y compte bien ! Il y a suffisamment de grandes familles dont les fils aînés se battraient pour convoler en justes noces avec ma fille !

Profitant de l'hilarité du père de Lune, le lettré glissa, comme si de rien n'était :

— Dans ce cas, il conviendrait de faire en sorte que Mlle Lune cesse de fréquenter le fils de l'évêque chrétien…

Le conseiller avait pris soin de parler d'une voix neutre et en détachant lentement les syllabes, tel le tortionnaire ne souhaitant pas envoyer sa victime *ad patres*, tout en lui inoculant suffisamment de venin dans l'organisme.

Le poison avait accompli sa besogne, à en juger par la façon dont le roitelet s'était liquéfié à vue d'œil. De colère, il brisa l'arme factice d'un coup sec, après l'avoir placée contre son genou gauche.

— Que racontes-tu là ?

— J'ai vu votre fille jeter au fils du dénommé Nicodème un regard un peu trop insistant, si vous voulez mon point de vue, répondit calmement Élévation des Rites.

Le lettré venu de nulle part était bien en dessous de la vérité, mais il n'était pas non plus question pour lui de déclencher une réaction incontrôlable de la part du roi du Qin postérieur.

La veille, alors qu'Élévation se promenait dans le parc des Grives chaleureuses, avec le grillon en cage qu'il s'était acheté pour asseoir son statut d'intellectuel raffiné, il y avait surpris Lune Rousse en compagnie d'un garçon. Connaissant la nature des liens qui unissaient celle-ci à son père et les espoirs que ce dernier nourrissait pour elle, il avait discrètement emboîté le pas aux deux jeunes gens. Ils avaient l'air sacrément amourachés l'un de l'autre. Malgré leur crainte d'être surpris, qui les faisait sans cesse regarder à droite et à gauche, surtout le garçon, leurs doigts se frôlaient, puis se détachaient comme à regret. Et c'était Lune qui menait la danse, au mépris des convenances : à peine étaient-ils arrivés à la hauteur de l'ancienne maison close qui donnait sur le parc, et que le bonze Terre Pure avait investie pour en faire sa pagode, que la fille du tyranneau avait collé ses lèvres contre celles du garçon et saisi sa main d'autorité, avant de l'entraîner à l'intérieur de ladite bâtisse... où ils étaient restés un certain temps – assez longtemps pour que le grillon du lettré ait cessé son chant avant qu'ils n'en ressortent, puis repartent chacun de leur côté. Élévation suivit le jeune homme jusqu'à chez lui et découvrit qu'il s'agissait du fils aîné de l'évêque Nicodème, cet illuminé venu de la Barbarie dont l'épouse jouait les boulangères au profit des miséreux.

L'essentiel pour le lettré était, à ce stade, de mettre Yao Xing sur le gril, ou plutôt de le soumettre au supplice chinois. Et il avait vu juste : le tyranneau roulait des yeux furieux en imaginant sa fille dans les bras d'un barbare. On aurait cru un poisson hors de l'eau.

Aussi le lettré se hâta-t-il d'ajouter :

— Il vous suffit de prendre un décret interdisant les unions entre Han et « nez longs[1] », et tout risque sera écarté !

Le poisson avait retrouvé son élément liquide, quand le père de Lune, comme s'il se parlait à lui-même, le regard tourné vers les crânes humains, murmura :

— Ce sera fait dès demain à l'aube !

Le lettré buvait du petit-lait. Il eut un long soupir forcé, puis déclara avec mille précautions, tel un médecin annonçant à son patient qu'il est gravement malade :

1. Terme sous lequel les Han qualifiaient les étrangers.

— Cet évêque est comme un ver dans le fruit... Je veux parler de notre belle pomme Han, que donne l'arbre dont vous êtes le gardien, Votre Majesté...

Le père de Lune étouffa une plainte. Ses yeux s'étaient arrondis comme des soucoupes.

Même si l'effondrement de l'Empire avait porté un coup d'arrêt à l'expansion du bouddhisme et que personne n'eût entendu parler du christianisme jusqu'à l'arrivée de ce Nicodème à Chang'an, il s'en voulait de s'être si peu soucié des « idées venues de l'ouest »... et d'avoir laissé le Gibbeux poursuivre sa funeste entreprise.

— Pas question de laisser entrer le loup dans la bergerie !

Le roitelet crut entendre son père quand il se plaisait à rappeler à son fils les deux principales maximes du bon gouvernement, selon le Bègue : « Se méfier de l'eau qui dort » et : « Arracher la mauvaise herbe dès son premier brin »...

Dans un geste qui trahissait son angoisse, lui qui maintenait toujours à distance ses obligés, il posa sa main sur l'épaule d'Élévation.

— Connais-tu le dénommé Gibbeux ?

Se mordant la lèvre de peur de laisser transparaître sa joie, le conseiller occulte prit un air admiratif :

— Qui n'a pas entendu parler de cet omniscient lettré sous le Ciel, qui vous dispense ses précieux conseils ?

Yao Xing lâcha l'épaule du manipulateur.

— Mon vieux bossu s'est mis en tête de convier ce Nicodème à des agapes. Pff ! une lubie de vieillard !

Et, tournant les talons, il ajouta :

— Tu t'inviteras de ma part à ces festivités ! Et tu me rendras compte de ce qui s'y sera dit…

9

Nestor

Les mains puissantes de Meryem malaxaient le mélange d'eau et de farine. L'épouse de l'évêque Nicodème était très concentrée. Pour faire du pain azyme, elle devait éviter que du levain se forme dans la pâte. En même temps, elle surveillait du coin de l'œil la gueule du four dans laquelle Nestor, son fils aîné, jetait des brassées de planchettes de cyprès.

Le brasier ayant cessé de cracher des flammes, Meryem demanda à son fils de s'écarter et, à l'aide d'une longue tige de bambou, repoussa le matelas de braises, qui ressemblait à une somptueuse parure de rubis phosphorescents, vers le pourtour du foyer. Puis elle fit signe à Nestor d'enfourner la large pelle en bois sur laquelle était disposée la dizaine de rondelles blanchâtres qu'elle venait de confectionner.

Le garçon s'exécuta et se précipita vers une bassine d'eau où il plongea ses mains.

Alors qu'il les secouait, faute de torchon pour les sécher, Meryem l'apostropha :

— Tu m'as l'air bien pressé de décamper, mon petit coquelicot...

Ce nom de fleur éphémère et fragile ainsi que le ton protecteur – presque énamouré – avec lequel elle le prononça témoignaient de l'adoration de cette maman pour son aîné. Mère et fils se ressemblaient comme deux gouttes d'eau : même visage poupin à la peau très blanche, avec des sourcils qui se rejoignaient sous le front, et mêmes grands yeux noirs aux longs cils recourbés, le tout sous des cheveux bouclés – longs chez Meryem, courts chez Nestor, lequel, du haut de ses dix-sept ans, dépassait désormais sa mère d'une bonne coudée.

Il venait de répondre à sa mère qu'il se rendait à une séance de tir à l'arc quand une voix haut perchée s'écria :

— Notre-Seigneur a dit : « Tu ne tueras point ! » Tu ferais mieux d'étudier les Évangiles plutôt que de bander tes muscles, Nestor !

La silhouette spectrale de son père, l'évêque Nicodème, venait de s'inscrire dans l'encadrement de la porte.

Grand et maigre, il avait tout l'air d'un mystique, avec son visage émacié, ses yeux de braise surmontés de sourcils charbonneux, sa longue chevelure retenue par un chignon, et une barbe si drue que, si on l'eût placée au bout d'un manche, elle aurait pu servir de balai.

Meryem foudroya son mari du regard :

— Un homme doit savoir se battre !

Meryem était une maîtresse femme. Dans le couple qu'elle formait avec Nicodème, c'était elle qui menait la danse.

Ce n'était pas la première fois qu'elle rabrouait le père de Nestor en sa présence. Et à en juger par le sourire en coin qui errait sur ses lèvres, elle en tirait une satisfaction pour le moins évidente.

Son époux tripotait nerveusement sa croix pectorale – un chrisme en argent, avec un grenat en forme de cœur enchâssé entre le *khi* et le *rho*, suspendu à une chaînette qui passait autour de son cou. Ce geste, Nicodème en était coutumier lorsqu'il se sentait en difficulté ; à croire que, dans ces moments-là, il avait besoin de s'assurer de son état de prélat chrétien.

Il est vrai que sa mitre et sa crosse lui étaient, en quelque sorte, tombées du ciel.

Originaire de Laodicée, la capitale de la Phrygie occidentale[1], Nicodème appartenait à une famille montaniste, une hérésie fondée par un certain Montanus, un illuminé qui se targuait de parler toutes les langues de la Terre, grâce au souffle du vent Paraclet – l'Esprit-Saint des chrétiens –, ce qui lui avait valu d'être excommunié par l'évêque Ignace d'Antioche.

Il avait dix ans lorsque son père, un homme particulièrement dur en affaires et qui tenait un commerce

1. Laodicée était située à proximité de l'actuelle ville turque de Denizli.

de tissus, mourut brutalement. Persuadée que la mort de son époux était une punition divine, la mère de Nicodème se mit en tête d'orienter son aîné vers la prêtrise. Mais l'évêque de Laodicée ayant eu maille à partir avec le défunt, il avait refusé de prendre le garçon sous son aile... contrairement à Ignace V, alors prélat d'Antioche, qui avait accepté de l'accueillir – moyennant, il est vrai, une coquette somme d'argent. Dix ans plus tard, alors que Nicodème avait accédé au diaconat, Ignace V avait été assassiné par des cambrioleurs qui avaient fait main basse sur le trésor de l'évêché. Athanase II, le successeur d'Ignace V, avait pour modèles les prophètes Élie et Daniel. Comme eux, il annonçait la prochaine fin du monde, tout en vitupérant contre le relâchement des mœurs. Selon ses dires, de même qu'il était plus difficile aux riches d'entrer au paradis que de faire passer un chameau par le chas d'une aiguille, de même les non-natifs de la région d'Antioche n'avaient aucune chance d'accéder à la prêtrise.

Un oukase dont Nicodème n'avait pas fait les frais, car la fille de l'évêque Athanase lui avait, entre-temps, déclaré sa flamme.

Ce jour-là, le futur mari de Meryem était tombé des nues en lisant le billet que celle-ci lui avait fait parvenir et dans lequel elle lui proposait de l'épouser, alors qu'elle lui adressait à peine la parole, et que lui-même n'osait pas croiser son regard lors des offices ! Dès lors, la carrière de Nicodème avait connu une ascension fulgurante. Il n'avait attendu que dix mois, après avoir été ordonné prêtre au lendemain des épousailles, pour se voir confier par son beau-père – il est vrai à l'occasion de la naissance de Nestor – la paroisse du Grand Marché, la deuxième de la ville, par ordre d'importance... Et alors que moins d'un prêtre sur cent devenait évêque, une quinzaine d'années plus tard, Athanase lui annoncé son accession à l'épiscopat. Même si Nicodème en rêvait, il n'avait pas pu s'empêcher de se demander si c'était vraiment à lui que son beau-père s'adressait, lorsque le père de Meryem, devant l'ensemble des fidèles, sous le regard impressionnant du Christ Pantocrator de la mosaïque de l'abside de la cathédrale d'Antioche, avait dit : « Nicodème, tu es désormais un représentant de Dieu sur Terre, l'un des maillons de la chaîne de la succession apostolique de Notre-Seigneur Jésus-Christ », et si c'était bien sur son crâne que l'évêque Athanase avait posé une mitre, et autour de son cou qu'il avait passé une croix pectorale, entre ses mains qu'il avait remis une crosse, et sur son front qu'il avait fait le signe de la croix avec le saint chrême...

Ce n'était pas en raison de son charisme ni de ses connaissances en droit canon que Nicodème avait été consacré évêque, mais parce que Athanase avait une idée précise derrière la tête, dont il avait fait part dès la semaine suivante à son gendre en lui annonçant qu'il le chargeait de l'évangélisation des Sères, les « habitants du pays de la soie », ainsi qu'on les surnommait dans les contrées occidentales.

Antioche était l'un des grands carrefours commerciaux de la route de la soie, et Nicodème avait vaguement entendu parler de cette lointaine contrée où, selon Pline l'Ancien, poussaient des arbres dont les feuilles étaient recouvertes d'un duvet à partir duquel on tissait un magnifique tissu qu'on s'arrachait à prix d'or...

Athanase l'avait précisé à son gendre avec des trémolos dans la voix : vu le nombre de mécréants que comptait ce pays, dont les habitants se reproduisaient comme des lapins, il s'agissait d'une mission hautement stratégique, la preuve étant qu'il acceptait de se séparer de sa fille, alors enceinte de trois mois. Et s'agissant du trajet, Meryem et lui n'en feraient qu'une bouchée : il leur suffirait de suivre les caravanes. Ces belles paroles, Nicodème les avait prises pour argent comptant.

Il était tout feu tout flamme quand la famille avait quitté Antioche à bord d'une carriole bâchée tirée par deux mulets. Mais au bout de trois semaines, à leur arrivée à Merv, la capitale de la Margiane[1], son enthousiasme avait rapidement laissé place à la désillusion. Les habitants de cette satrapie étaient des zoroastriens ; ils vénéraient un dieu unique, qu'ils appelaient Mazda le Tout-Puissant, symbolisé par un « feu sacré », dont la flamme était perpétuellement entretenue par des prêtres.

Tout feu tout flamme, Nicodème avait entrepris d'annoncer à l'un d'entre eux la « bonne nouvelle » de la venue sur Terre du fils de Mazda. Convaincu que ce dernier et Yahvé ne faisaient qu'un, et qu'entre

1. Ce royaume était situé aux confins de l'Iran et du Kurdistan actuels.

monothéistes on était faits pour s'entendre, il était tombé de haut quand l'intéressé lui avait rétorqué que le Christ n'était qu'un vulgaire imposteur et que seuls les zoroastriens vivaient dans la « lumière de Mazda », contrairement au reste de l'humanité. Qui plus est, il fallait être né au sein d'une famille zoroastrienne pour être zoroastrien. Et lorsque, faute de parvenir à ses fins, Nicodème s'était résolu à quitter la ville au plus vite, il avait compris que, décidément, Mazda et le Dieu des chrétiens n'avaient pas grand-chose en commun en découvrant les fameuses « tours du silence » au sommet desquelles ces gens exposaient les cadavres de leurs congénères afin qu'ils soient dévorés par les vautours.

Mais cela n'était rien, comparé aux obstacles qu'il leur faudrait surmonter.

Après Samarkand[1], contrairement au dire d'Athanase, les convois devaient être escortés, car la route était beaucoup moins sûre. Cela n'allait pas empêcher leur caravane d'être attaquée par des brigands… avec lesquels leurs convoyeurs étaient visiblement de mèche, à en juger par la façon dont ils se volatilisèrent littéralement à l'arrivée des pillards ! Leur carriole ne contenant rien de précieux – mis à part la croix pectorale de l'évêque que ce dernier avait cachée sous un tas de vêtements –, les bandits les laissèrent repartir, contrairement au reste du convoi.

Un soulagement qui allait s'avérer de courte durée : alors que cela faisait deux jours qu'ils avançaient

1. Voir carte p. 8-9.

cahin-caha, sous un soleil de plomb, sans croiser âme qui vive ni voir le moindre palmier à l'horizon, et leurs maigres réserves d'eau en voie d'épuisement, ils seraient morts de soif s'ils n'avaient pas été rattrapés par un commerçant indien. Ce marchand d'épices se rendait également à Chang'an avec ses trois chameaux chargés de cardamome, de poudre de curry, d'encens d'Arabie et de clous de girofle de Zanzibar. Outre que l'intéressé connaissait bien les points d'eau de la route de la soie, qu'il empruntait depuis bientôt une décennie, c'était un fervent bouddhiste, un homme qui avait chevillée au corps l'attention aux autres… et qui pour rien au monde n'aurait laissé la petite famille de Nicodème continuer à errer en plein désert.

Le bienheureux Bouddha n'était pas un dieu, mais une sorte de saint homme qui prônait envers autrui la compassion, une notion qui n'avait rien à envier à celle de charité, telle qu'elle était prônée par le Christ.

C'est du moins la conclusion à laquelle était arrivé Nestor, que le marchand indien avait pris sous son aile et qui, au bout de quelques jours, n'ignorait rien des Nobles Vérités, de la façon dont le Bienheureux entre dans le sein de sa mère sous la forme d'un éléphant blanc avant qu'elle ne donne naissance au prince Siddhartha, ni des plus fameuses existences antérieures du Bouddha : le petit singe qui se fracasse le crâne en apportant un bol de lait à un homme assoiffé ; le cerf d'or qui sauve un père de famille de la noyade ; la princesse du Sri Lanka qui distribue sa fortune aux miséreux ; ou encore l'éléphant blanc qui accepte de mourir à la place de son cornac…

À l'époque, le bouddhisme avait déjà essaimé le long de la route des oasis, ainsi qu'en témoignaient les nombreux sanctuaires qui la jalonnaient : des plus imposants – comme ceux de Longmen et de Maijishan, avec leurs immenses figures du panthéon bouddhique sculptées dans la falaise et qui continuaient à signaler au loin leur présence – jusqu'aux plus humbles – de simples oratoires en pisé, parfois coiffés d'un minuscule stupa. Partout, le voyageur était favorablement accueilli, quelles que fussent ses croyances, mais cela n'empêchait pas de lui faire comprendre que le versement d'une obole n'était pas interdit.

À la sortie du Taklamakan[1], l'un des déserts les plus arides au monde et qui mettait à rude épreuve tout être qui osait s'y aventurer, l'Indien faisait toujours étape au monastère du Cheveu. Nicodème et les siens y resteraient une dizaine de jours, le temps pour Meryem d'accoucher d'une petite fille née avant terme, et que ses parents prénommeraient Marie-Zoé.

Après les vents de sable qu'ils avaient affrontés pendant des semaines, ce séjour, bien que bref, allait s'avérer pour nos voyageurs une sorte de parenthèse merveilleuse… et pour Nestor l'occasion de faire la connaissance de Maître K.

Le fils de Nicodème gardait un souvenir inoubliable de sa première rencontre avec le Grand Traducteur, du spectacle de cette silhouette de dos, assise en lotus devant une lampe, dans une pièce à peine éclairée, où lui-même et le marchand indien avaient été introduits

1. Voir carte p. 8-9.

par Mâlâ aux Cent Huit Grains. Sur le moment, il avait cru se trouver en présence du Bienheureux en personne, ou, à tout le moins, de l'une de ses réincarnations.

Mais quand, après être venue à leur rencontre et avoir salué chaleureusement l'Indien, la divinité inaccessible avait gratifié Nestor d'un sourire, puis d'une petite tape sur la joue, ce dernier comprit alors l'expression « être touché par la grâce », qu'il entendait souvent dans la bouche de ses parents.

Maître K et le marchand d'épices s'appréciaient beaucoup. Cela faisait un bail qu'ils ne s'étaient pas vus, à en juger par leur longue conversation, à laquelle l'aîné de Meryem et de Nicodème assista. S'il avait maîtrisé le sanskrit, il aurait pu entendre Maître K se préoccuper du sort d'un bonze censé être parti de Nalanda, mais dont le supérieur du Cheveu attendait toujours l'arrivée à Koutcha...

Pendant que les deux hommes dialoguaient, Nestor et Mâlâ avaient sympathisé. Même s'ils ne pouvaient pas communiquer par la parole, il leur avait suffi d'un échange de regards pour se sentir des affinités communes. Cela allait se confirmer, Mâlâ ayant entrepris de faire découvrir l'oasis au fils de l'évêque, en particulier ses plantations de jujubiers, des arbres dont les fruits – récoltés de septembre à octobre et semblables à des olives rouges – étaient appelés « dattes rouges » par les Han.

C'est dire si Nestor allait regretter de ne pas bénéficier de la même sollicitude lors de sa découverte de Chang'an, où la famille allait arriver de nuit.

Un moment glaçant.

Ce soir-là, c'était la pleine lune et, sous l'effet de la lueur mercurielle de l'astre nocturne, la capitale du Qin postérieur semblait recouverte d'un manteau argenté. Tout ce qu'on voyait semblait à la fois irréel et inhumain : des rues désertes, des avenues longues comme des jours sans pain, des bâtiments hauts comme des collines, la plupart à l'état de ruines, des esplanades qui s'étendaient à perte de vue, des terrains vagues envahis de cahutes et une multitude d'arbres dépenaillés, dont les ombres spectrales s'étiraient à partir de leurs bases, sur un sol d'une blancheur marmoréenne. Le tout baignait dans un silence sépulcral, à peine interrompu de loin en loin par les aboiements des chiens qui erraient en quête de nourriture. Les mendiants veillant au grain pendant la journée, il était impossible pour ces malheureuses bêtes de s'emparer de la moindre miette.

L'Indien reparti avec quelques coupons de tissu et des céramiques, Nestor craignait que ses parents n'aient d'autre choix que de quitter l'auberge où ils étaient descendus, pour aller rejoindre l'un des nombreux terrains vagues où s'installaient les pauvres gens venus des campagnes. On imagine sa stupéfaction de voir sa mère extraire de son corsage, tel le prestidigitateur le lapin du chapeau, une bourse qu'elle avait agitée sous le nez de son époux, lui-même encore plus étonné que son fils. Grâce aux six tétradrachmes qu'elle contenait, la famille avait pu mettre la main sur une petite maison qui avait appartenu à un boulanger.

C'est ainsi que Nicodème et les siens s'étaient installés, cela ferait bientôt deux ans.

À présent, les pains commençaient à gonfler, et l'évêque n'avait toujours pas répondu à sa femme au sujet de la nécessité pour un homme de savoir manier le glaive, quand la petite Marie-Zoé, qui jouait sagement dans un coin de la pièce, se mit à gazouiller.

Meryem cessa de défier son époux du regard pour aller s'occuper de sa fille. Profitant du fait que toute l'attention de son épouse se portait désormais sur l'enfant, l'évêque prit son fils par le bras.

— Aujourd'hui, nous fêtons l'assomption de la Vierge Marie. Ce soir, il y a office !

Le ton enjoué de Nicodème masquait le peu d'autorité qu'il avait sur Nestor, qui consentait néanmoins à jouer les enfants de chœur lors des célébrations des principales fêtes du calendrier liturgique. Mais cette fois-ci, le garçon se dégagea, sortit de la pièce en claquant la porte, tandis que l'évêque était envahi par un immense désarroi. Nicodème reparti à son tour, d'un pas lourd et tout en implorant Meryem du regard, celle-ci eut un long soupir, à l'idée de tout ce qu'il lui restait à faire d'ici à la fin de la journée...

Après avoir nourri la petite, il lui faudrait se coltiner le pain azyme jusqu'à l'église, le distribuer aux miséreux venus assister à l'office, puis revenir à la maison pour nettoyer le fournil, rentrer le linge et préparer à dîner pour la maisonnée ; une fois son petit monde rassasié, elle coucherait Marie-Zoé, et ce n'est qu'après tout cela qu'elle pourrait enfin s'affaler dans le lit conjugal… son seul moment de répit.

Et tant mieux si les assauts de son époux demeuraient inexistants depuis l'arrivée de Marie-Zoé ! se dit-elle alors, avec un petit gloussement.

La fille d'Athanase d'Antioche avait le mal du pays, de ses senteurs enivrantes, ses couleurs chaudes, des bougainvilliers qui montaient à l'assaut des toits des maisons cubiques et des saules pleureurs penchés sur les eaux du fleuve Oronte. Lors de ses accès de nostalgie, il lui prenait l'envie de tout envoyer balader, de la fabrication du pain azyme à la conversion des Han, sans parler de ce pauvre Nicodème, qu'elle devait tenir à bout de bras, car il n'arrivait pas à la cheville de son évêque de père… Mais il y avait cette mission dont ce dernier l'avait chargée…

Une sacrée mission et un pacte secret qui les liait l'un à l'autre.

Meryem ferma les yeux et se signa. Elle n'avait pas d'autre choix que de tenir bon. Elle avait une si noble tâche à accomplir !

10

Terre Pure

À cet instant, si un poète s'était trouvé là, il aurait sans doute comparé les frondaisons du parc des Grives chaleureuses à un manteau d'Arlequin ocellé de taches d'or.

Bien que sensible à la poésie, le bonze Terre Pure n'avait cure de cette fantasmagorie scintillante, conséquence des rayons mordorés du couchant. Pourtant, elle aurait dû lui crever les yeux, étant donné qu'elle servait d'arrière-plan à la statue en basalte noir d'Amithabâ, le Bouddha du futur, faisant le geste d'apaisement du mental, devant lequel le vieux bonze était assis en lotus.

Mais une fois entré en méditation, Terre Pure devenait indifférent à tout ce qui l'entourait... Au point qu'il ne voyait même plus cette statue qui trônait au beau milieu de la cour intérieure de l'ancienne maison de plaisirs qui lui servait de pagode.

Le missionnaire venait de prononcer son mille vingt et unième « *Om mani padme um* », et il était comme ivre. Il avait déjà atteint le sommet du mont Meru, considéré comme l'axe du monde dans les mythologies hindoue et bouddhique, qu'il avait vu émerger d'un océan piqueté de rouge. En réalité, il s'agissait du plateau tapissé de sable, posé au pied du socle du Maitreya, et dans lequel les fidèles avaient planté des bâtonnets d'encens. Pris d'un fort sentiment d'élévation, il s'apprêtait à voler comme un oiseau, à voguer spirituellement dans les airs, quand une petite tape sur l'épaule le fit retomber sur le plancher des vaches.

— Coquelicot ! Je ne t'avais même pas entendu entrer ! s'écria le vieux bonze en se retournant.

Tout content de voir le fils de Nicodème, Terre Pure souriait. Cela se devinait au mouvement quasi imperceptible de ses lèvres parcheminées et au pétillement de ses yeux sombres.

— Pivoine n'est pas arrivée ? s'enquit le jeune homme avant de croquer dans la pomme qu'il tenait dans sa main.

Pas gêné le moins du monde d'interrompre ainsi une séance de méditation transcendantale, Nestor avait l'air tout aussi heureux de voir Terre Pure, qu'il considérait comme une sorte d'aïeul bienveillant. Quand Lune et lui étaient tombés nez à nez avec le missionnaire chez qui ils avaient fait irruption, trempés jusqu'aux os, il s'était senti immédiatement en confiance – ce jour-là, sa belle et lui se promenaient dans le parc, et, surpris par un violent orage, ils avaient trouvé refuge dans la première maison venue.

Terre Pure n'avait pas vu Pivoine. Il fit « non » de la tête, et le fils de l'évêque exprima une sorte de « ouf » de soulagement, tout en extrayant une gourde de l'intérieur de sa vareuse.

Nestor ayant couru comme un dératé, de peur d'être en retard, il était tout essoufflé. Comme enchâssés dans ses longs cils mouillés de sueur, ses grands yeux, qui pétillaient de joie et d'excitation, illuminaient son visage. Il était aux anges à l'idée de retrouver sa belle.

Le coup de foudre entre les deux tourtereaux avait été immédiat. Ils s'étaient croisés un jour dans l'allée centrale du parc et, malgré sa timidité, Nestor avait aussitôt emboîté le pas à Lune, était arrivé à sa hauteur et lui avait déclaré, dans un mandarin approximatif, que ses yeux avaient la couleur du ciel. À la suite de ce compliment, l'un comme l'autre s'étaient sentis aimantés quand leurs mains s'étaient effleurées. Lune Rousse, quant à elle, était tombée sous le charme de ce garçon au regard de velours, même si une jeune fille de sa condition n'était pas censée se laisser aborder par n'importe quel quidam.

Ils étaient restés côte à côte durant de longues minutes, à faire mine de contempler les arbres, tout en s'observant du coin de l'œil, avant de convenir d'un rendez-vous le lendemain, au même endroit... Ce jour-là, chacun avait révélé à l'autre qui il était. Ils avaient éclaté de rire, puis échangé leur premier baiser à l'abri d'un buisson, avec la délicieuse impression de croquer un fruit défendu. Depuis, ils se retrouvaient autant que cela leur était possible, convenant, au moment où ils se quittaient, de la date et de l'heure de leur prochaine rencontre.

Prudence oblige, ils s'étaient mis d'accord pour ne pas dévoiler leurs identités respectives à Terre Pure, sur qui ils étaient tombés, ruisselants de pluie et se confondant en excuses. Contrairement à Nestor, qui s'était immédiatement senti en confiance, Lune ne savait pas trop sur quel pied danser, mais elle fut rapidement rassurée par la bienveillance que ce vieux moine leur témoignait. Et comme il leur avait dit qu'ils seraient toujours les bienvenus à la pagode, nos deux tourtereaux avaient pris l'habitude de s'y retrouver en toute discrétion.

De son côté, Terre Pure appréciait d'autant plus la compagnie de Pivoine et de Coquelicot – les noms d'emprunt de Lune Rousse et de Nestor –, qu'elle le changeait agréablement de la poignée de personnes âgées, essentiellement des femmes, qui venaient s'incliner devant la statue de l'Amithabâ, tenant un bâtonnet d'encens entre leurs doigts parcheminés. L'envoyé du Cheveu à Chang'an avait songé un instant à embaucher le jeune garçon pour qu'il l'aide à sensibiliser les jeunes générations aux Nobles Vérités. Mais il y avait un hic, nonobstant les connaissances étendues de l'intéressé en matière de bouddhisme : non seulement il n'était pas un Han, mais Terre Pure n'aurait jamais osé détourner un instant Coquelicot de sa dulcinée pour lui demander de lui rendre service ! Le jeune garçon était fou amoureux d'elle, cela se voyait comme le nez au milieu de la figure.

Contrairement à son fiancé, Lune Rousse n'était pas très attirée par les Nobles Vérités, et elle avait le plus grand mal à considérer les *jâtâkâs*[1], dont Terre Pure les abreuvait, comme autre chose que de sympathiques contes pour enfant. En revanche, comme elle était d'un naturel curieux, cela faisait plusieurs semaines qu'elle tarabustait le vieux bonze au sujet des circonstances qui l'avaient amené à s'installer à Chang'an.

Ce dernier avait toujours esquivé les questions de la jeune fille... sauf lors de sa venue précédente, où, de guerre lasse, il lui avait marmonné :

— Promis juré, la prochaine fois qu'on se verra, tu en sauras plus au sujet de ma modeste personne !

Cette promesse n'était pas tombée dans l'oreille d'une sourde. À peine était-elle arrivée qu'elle s'écria, tout en sautant au cou de son amoureux :

— Révérend Terre Pure, vous souvenez-vous de votre promesse de la dernière fois ?

— La vie d'un pauvre moine de mon espèce n'a rien d'extraordinaire..., souffla le missionnaire du Cheveu en se tournant vers le fils de Nicodème, dans le vague espoir que celui-ci abonderait dans son sens.

Mais ce fut peine perdue, car Nestor s'écria, l'air amusé :

— Chose promise, chose due, mon révérend ! Chez nous, il y a un dicton : trop de modestie est un péché d'orgueil. Nous sommes sûrs que vous avez des tas de choses passionnantes à nous raconter !

1. Les vies antérieures du Bouddha.

Incapable de faire le moindre geste, le vieux moine demeura coi : narrer ses tribulations aux deux jeunes gens, c'était convoquer le passé, et en particulier cette fameuse nuit où, tétanisé par la peur, il avait manqué à tous ses devoirs en s'abstenant de réagir comme il aurait dû...

Terre Pure s'était toujours montré d'une sensibilité maladive. Petit, il sursautait au moindre cri d'oiseau ou de singe, à la moindre chute de pierre ou rupture de branche, au crissement des cailloux sur le chemin, sans parler du fracas du tonnerre ! Quand l'orage grondait, il se mettait à trembler, le sang lui battait les tempes et sa vue se brouillait !

Né de père inconnu dans un petit village aux environs de Nalanda – au cœur même de la région où celui qui avait commencé par être le prince Siddhartha avait vécu l'essentiel son existence terrestre –, il avait à peine osé croiser le regard du moine examinateur devant lequel sa mère, dans l'espoir de lui offrir une vie meilleure, l'avait propulsé, alors qu'il avait à peine quatre ans. Chez les gens très pauvres, quand on était un garçon, la voie monastique était le meilleur moyen d'échapper à la misère. Mais n'étaient admis dans les monastères que ceux qui possédaient un minimum de dispositions intellectuelles – ce dont ne manquait pas Terre Pure. Malgré son extrême timidité, il avait réussi haut la main son examen d'entrée au monastère du Chignon du Bienheureux.

Cet imposant complexe religieux, qui tenait son nom de la relique sainte qui y était conservée, était déjà le plus important monastère de l'Inde du Nord.

Il s'étendait sur la Table des vautours, un imposant plateau rocheux qui dominait la ville de Nalanda. On y vénérait le « saint chignon », censé avoir été prélevé sur le crâne du Bouddha juste avant sa montée au nirvana. La précieuse relique était conservée dans une ampoule en verre de la taille d'une éprouvette, elle-même placée à l'intérieur d'un immense tabernacle en or massif, dont maître Buddhabâdrâ, le supérieur du Chignon, était le seul à détenir la clé.

Ce véritable coffre-fort trônait au beau milieu d'une immense salle de prière où se pressaient quotidiennement des milliers de dévots venus s'y recueillir, moyennant une aumône, parmi des dizaines d'effigies du Bouddha et des bodhisattvas devant lesquels on faisait brûler des bâtonnets d'encens et que l'on parait de colliers de fleurs.

Deux fois par an, les jours où l'on commémorait la naissance et la mort du Bienheureux, le saint chignon était promené dans les rues de la ville par une éléphante aux yeux cernés de blanc et dont les défenses et les chevilles étaient ornées de bracelets. Sur son dos, un novice présentait la relique à une foule en délire.

Terre Pure avait eu droit à cet honneur, maître Buddhabâdrâ l'ayant à la bonne en raison de son comportement exemplaire. Quand il s'était retrouvé sur le dos du pachyderme, il avait bien failli se pisser dessus, et il n'avait pas bougé d'un millimètre tout le long de la procession, de peur de laisser choir le flacon de verre. Précautionneux à l'extrême et bien plus à l'aise dans les chiffres que dans l'action, Terre

Pure dirigeait d'une main de maître l'économat du Chignon... jusqu'à ce qu'il parte pour Koutcha, où maître Buddhabâdrâ souhaitait établir une annexe de son monastère.

À l'époque, l'hindouisme, que le bouddhisme avait jadis supplanté, prenait sa revanche sur les Nobles Vérités. Aux yeux des Indiens, surtout les pauvres, le Bienheureux était bien trop exigeant – et passablement coupé des réalités – avec son mépris des biens matériels et ses exhortations à ne rien désirer, alors que les dieux traditionnels, ces divinités faciles à identifier, vous accordaient leur protection moyennant des offrandes qui pouvaient être minimes. Le rouleau compresseur de l'hindouisme s'avérait de plus en plus difficile à contrecarrer. Aussi les monastères bouddhiques s'étaient-ils résolus à essaimer au-delà des frontières de la région où le Bienheureux avait médité et prononcé ses sermons sous le figuier sacré. Et les idées empruntant les mêmes routes que les marchandises, les grandes oasis de la route la soie étaient autant de cibles de choix pour les missionnaires.

Terre Pure, alors âgé d'une quarantaine d'années, était parti avec Troisième Noble Vérité et Maître K, à qui maître Buddhabâdrâ avait confié la direction des opérations. À ce titre, le Grand Traducteur s'était vu remettre l'un des cheveux du saint chignon, car tout sanctuaire d'importance se devait de posséder une trace – fût-elle la plus infime – du passage du Bouddha sur Terre.

Tout avait été fait pour préserver l'intégrité de cette relique pratiquement invisible à l'œil nu. On l'avait placée dans une fiole en verre en forme d'éprouvette, elle-même protégée par un étui en argent qui se trouvait à l'intérieur d'un petit sac en cuir muni d'une sangle, que maître Buddhabâdrâ avait, le jour du départ, passée autour du cou du chef de mission, sous les ovations de la communauté.

En passant sous la haie d'honneur que les moines du Chignon avaient formée pour célébrer le départ des héros du jour, Terre Pure avait eu l'impression d'être un escargot que l'on forçait à quitter sa coquille protectrice. Ce sentiment d'extrême vulnérabilité n'était pas près de le lâcher.

D'une durée d'un peu plus de quatre mois, le voyage avait été riche en rebondissements. À commencer par cette embuscade dans laquelle les missionnaires étaient tombés, alors qu'ils se trouvaient en plein cœur de la jungle qu'il fallait traverser avant d'atteindre les premiers contreforts du plateau himalayen. C'était un fouillis végétal infesté de serpents venimeux et dans lequel on n'avançait qu'à grands coups de machette. Cela faisait trois jours que Maître K et ses compagnons progressaient tant bien que mal, au milieu des lianes et des feuilles coupantes, lorsqu'ils avaient été encerclés par des sauvages, ceints d'un pagne, le torse et les avant-bras tatoués, un os de poulet en travers du nez, et qui vociféraient en brandissant leurs sagaies. Les habitants de cette jungle ayant la réputation d'être des anthropophages, les moines s'attendaient au pire. On imagine leur soulagement, le chef de la tribu leur ayant expliqué, devant un daim qui rôtissait à la broche, qu'il vouait aux disciples du Bienheureux une reconnaissance éternelle depuis que sa mère avait été guérie des morsures que lui avait infligées un tigre par un bonze qui connaissait les plantes médicinales.

Le lendemain, le chef avait offert à chacun des missionnaires une plume d'oiseau-lyre et une dent de panthère. Au grand dam de Terre Pure, sa plume d'oiseau-lyre n'avait pas résisté aux intempéries, contrairement à sa dent, qu'il gardait précieusement sur lui. Voilà bien une chose qu'il n'aurait jamais avouée à quiconque, pas même à Maître K, le Bienheureux ayant toujours affiché un souverain mépris envers les grigris.

Après l'atmosphère étouffante de la jungle, on appréciait la fraîcheur des contreforts himalayens et de leurs forêts de conifères aux troncs rectilignes, ainsi que les immenses étendues herbeuses qui sont le royaume des marmottes, à près de 3 000 mètres d'altitude.

À partir de là, quand il faisait beau, on était ébloui par la vision quelque peu écrasante des sommets enneigés, dont l'aveuglante blancheur se découpait sur un ciel bleu métallique. Comme on était au début du printemps, à ce somptueux spectacle s'était ajouté celui des rhododendrons en fleur et des lacs aux couleurs changeantes, en cours de dégel.

Autant tout cela avait enchanté Terre Pure, autant ceux qui y habitaient lui avaient semblé peu rassurants, avec leurs joues gris sombre, dues aux carences de leur alimentation et aux brûlures du soleil ou du vent glacial ; mais aussi leurs mauvais regards, ceux des bergers, qui avaient l'air de craindre pour leurs yacks et leurs ovins ; ceux des enfants, qui se cachaient pour jeter des pierres aux missionnaires, et ceux des femmes, qui déguerpissaient à la vue des moines, comme devant des violeurs en puissance.

À l'époque, au Tibet, le Bön, la religion originelle des Tibétains, n'avait pas encore été supplanté par le bouddhisme et les chamans régnaient en maîtres. C'était à ces hommes-médecines, aux airs d'épouvantails à oiseaux, avec leurs cheveux longs et hirsutes, leur peau noire de crasse, leurs collerettes en plumes d'aigle, leurs toques d'où pointaient deux cornes d'antilope et leurs colliers faits de petites têtes de mort en bronze, que les gens s'adressaient pour faire pleuvoir, guérir les maladies ou se protéger des maléfices. À Lhassa, qu'on appelait alors la « ville des chèvres » en raison de son immense marché aux ovins, Terre Pure avait été saisi de dégoût en voyant pour la première fois l'un de ces chamans, qui se tenait sous un grand parasol devant lequel les gens faisaient la queue.

Mais cela n'était rien comparé à la terreur que lui avait inspirée celui qui était apparu derrière l'enfant, lors de cette fameuse nuit...

Chaque fois que Terre Pure repensait à la scène, son cœur battait à tout rompre et une insupportable odeur d'œuf pourri s'engouffrait dans ses narines... Ce fut le cas ce jour-là, face à Coquelicot et à Pivoine, qui attendaient la suite de son récit.

Quand il voulait se débarrasser de ce remugle, Terre Pure empoignait son grigri et le collait sous son nez, jusqu'à ce que les effluves de la jungle effacent la puanteur... Mais, de peur de paraître ridicule, le vieux bonze n'aurait pour rien au monde exécuté un tel geste en présence des deux jeunes gens !

Or il n'était pas non plus question de rendre ses tripes devant eux. C'est pourquoi ses lèvres demeurèrent soudées l'une à l'autre. Heureusement, une apparition aussi soudaine qu'inopinée allait mettre fin à son calvaire.

La fille de Yao Xing fut la première à réagir au tintamarre provoqué par l'irruption dans la cour de deux membres de la garde royale, reconnaissables à leurs casques à protège-nuque, leurs épaulettes en forme d'élytres, leurs plastrons faits de plaques de cuir cousues entre elles avec du fil de cuivre, ainsi qu'à leurs oriflammes croisées dans leur dos. Tout cet attirail expliquait le bruit de casserole qui avait accompagné leur cheminement dans l'étroit couloir qui menait de la porte de l'entrée, côté rue, de l'ancienne maison close jusqu'à sa cour intérieure.

Sans attendre que son amoureux ait le temps de comprendre ce qui se passait, Lune l'entraîna vers la coursive par laquelle on accédait à une porte donnant sur le parc, et qui formait une chicane, de façon à préserver l'anonymat des clients.

Lorsque le Gibbeux apparut à son tour dans la cour, il ne pouvait pas savoir que les deux jeunes gens s'y trouvaient quelques instants auparavant. Face au vieux bossu, Terre Pure était consterné. Lui qui s'était toujours efforcé de respecter les règles en vigueur au Qin postérieur et qui faisait profil bas, telle une taupe creusant en sourdine sa galerie, il n'arrivait pas à imaginer ce que Yao Xing et ses sbires pouvaient lui reprocher.

Dans l'esprit de l'envoyé du Cheveu à Chang'an, le Gibbeux agissait forcément pour le compte du roi du Qin postérieur. Sinon, pourquoi auraient-ils toujours été collés l'un à l'autre, lors des cérémonies officielles, comme celles du Nouvel An lunaire, ou du culte en l'honneur de la divinité de la Bonne Récolte ? Le vieux bonze s'attendait donc à subir le même sort que ses quatre malheureux prédécesseurs que Yao Chang avait fait décapiter, bien que ces derniers n'eussent pas fait de mal à une mouche !

Tandis qu'il se préparait malgré tout à bredouiller au Gibbeux une formule de bienvenue, quelle ne fut pas sa surprise de voir le vieux bossu se fendre des trois courbettes du « salut respectueux », celui que les mandarins faisaient entre eux pour se complimenter. Les deux oriflammes se figèrent dans un garde-à-vous impeccable, et le vieux bossu déclara, de son habituelle petite voix chevrotante :

— Permettez-moi tout d'abord de vous féliciter pour tout le mal que vous vous donnez, estimé révérend Terre Pure. Répandre dans notre beau pays de Qin la graine des Nobles Vérités du Bienheureux Bouddha, cela m'a toujours semblé une bien belle tâche !

Après une telle entrée en matière, on aurait dit que l'envoyé du Cheveu était un condamné à mort auquel son bourreau vient de tendre un bouquet de fleurs.

Il se cassa en deux.

— C'est pour moi un insigne honneur que de recevoir un grand lettré de votre espèce !

Et il ajouta, tout en portant sur le vieux stratège de Yao Xing un regard mi-circonspect mi-incrédule :

— La doctrine bouddhique semble intéresser Votre Excellence…

— Non seulement elle me passionne, mais je lui trouve de nombreuses parentés avec les convictions de Maître Kong[1]. Pour tout vous dire – et sans flatterie aucune –, je pense que le bouddhisme est mieux à même de répondre aux attentes des gens de peu que le confucianisme… Au fil du temps, les confucéens sont devenus des bureaucrates plus soucieux de leur carrière que du bien-être de la population.

Le vieux lettré avait parlé d'une voix étouffée, comme s'il avait peur que ses propos soient rapportés, tout en levant vers le ciel son index droit aussi tordu qu'une racine de gingembre, avant de s'interrompre en mettant sa main devant sa bouche. Il se demandait s'il n'avait pas eu tort de livrer au vieux bonze le fond de sa pensée, même s'il y avait fort peu de risques que l'intéressé aille rapporter ses propos à un membre du Bureau invisible.

Il fut pleinement rassuré quand le vieux bonze, qui n'en croyait pas ses oreilles et dont les yeux s'étaient arrondis comme des soucoupes, s'écria, tout sourire :

— Je vous prie de transmettre mes remerciements à votre excellent souverain ! Serait-ce trop vous demander que de lui indiquer, à cette occasion, que je suis tout prêt à venir lui expliquer en quoi les Nobles Vérités pourraient simplifier sa lourde tâche ?

Le Gibbeux imaginant déjà les ricanements que lui opposerait le tyranneau s'il s'aventurait à lui faire part

1. En chinois Kong fuzi, d'où Confucius.

de ce message, il accusait le coup : la suggestion de Terre Pure le renvoyait à l'inanité de son rôle, en même temps qu'elle témoignait du gouffre qui séparait la réalité de ses rapports avec Yao Xing de l'idée que s'en faisaient les gens extérieurs à la cour. Tout autre que lui s'en fût accommodé. Mais le vieux stratège n'était pas assez cynique pour qu'un malentendu si profond ne l'atteigne pas.

Il n'était pour autant pas question de perdre la face en ne délivrant pas le message qui motivait son déplacement chez le vieux bonze.

— Je ferai au mieux. En attendant, vous me verriez très honoré si vous acceptiez de partager un repas avec moi. Je serais infiniment heureux de vous recevoir en ma demeure, en compagnie des représentants des autres religions présentes sous le Ciel de Chang'an...

Ne connaissant pas suffisamment le stratège de Yao Xing, Terre Pure aurait été bien en peine de deviner que ce dernier était au fond du trou, en même temps qu'il repartait clopin-clopant. Et s'il n'avait pas été perclus d'arthrose, il se serait volontiers lancé dans une sarabande furieuse autour de l'Amithabâ. Faute de mieux, il se contenta alors de baiser le front du Bouddha du futur et de serrer très fort sa dent de panthère, et il crut même entendre la statue le féliciter...

11

Creux du Vide

— Je ne mettrai jamais les pieds chez ton vieux lettré aux idées confuses, que ça te plaise ou non !

Ce propos, qui visait le Gibbeux, Creux du Vide venait de le tenir sur un ton ferme à Persil. Notre ancienne pensionnaire du Phénix voltigeant et à l'incomparable expertise en Nuage et Pluie était allongée à côté du chef des Turbans jaunes, sur un lit à baldaquin aux dimensions impressionnantes. Elle était entièrement nue, mis à part la petite abeille en bronze qui traversait son adorable nombril, et les deux serpents se mordant la queue, forgés dans le même métal, qui ornaient ses chevilles. Outre ce corps de rêve, elle avait le crâne rasé. Cette incongruité mettait en valeur la finesse de ses traits, que sublimaient ses grands yeux d'un vert irisé d'or, de véritables gemmes qui avaient littéralement aimanté le taoïste, lorsqu'il les avait croisés pour la première fois.

Ce jour-là, le garde en faction devant le pont-levis du Nid d'aigle connaissant à la perfection les goûts et l'appétit de son patron pour les jolies créatures, il avait couru le prévenir qu'une superbe jeune femme demandait à le voir, en tenue affriolante. Persil avait, il est vrai, « mis les petits plats dans les grands » : elle portait une robe au décolleté si échancré qu'il découvrait la pointe de ses seins. Comme le taoïste changeait en permanence de partenaire, la jolie quémandeuse s'était aussitôt retrouvée dans sa chambre…

C'est peu dire que Creux du Vide n'avait pas été déçu de son premier voyage au pays de l'amour, en compagnie de cette jeune femme qui pratiquait en virtuose l'« art de la chambre à coucher ». À croire qu'elle savait lire dans ses pensées, chaque fois qu'ils s'adonnaient à Nuage et Pluie, elle lui servait exactement le mets qu'il désirait. Le chef taoïste s'était d'ailleurs souvent demandé comment une jeune femme ne sachant ni lire ni écrire connaissait si bien le *Manuel de la Fille sombre…*

Persil en maîtrisait toutes les positions à la perfection, à commencer par celle du Lapin qui suce le poil, qu'ils venaient d'exécuter. La bible érotique des Han stipule : « L'homme doit être étendu sur le dos, tandis que la femme est assise à califourchon sur lui, son visage tourné vers les pieds de l'homme ; puis la femme doit écarter les jambes et guider la Tige de jade de l'homme jusque dans sa Ravine rouge ; il suffira alors à la femme de se dandiner tant soit peu d'avant en arrière et elle satisfera pleinement son partenaire… »

De quoi donner du plaisir à Creux du Vide, pour qui le sexe était le meilleur garant de Longue Vie – à condition de s'abstenir d'éjaculer, comme le recommandait le *Livre intérieur de la Cour jaune* : « L'homme qui répand sa Liqueur de jade dans le Vase d'or disperse inutilement son énergie vitale. »

Le chef des Turbans jaunes l'avait saumâtre. L'avant-veille, faisant fi du respect dû aux anciens, y compris par les taoïstes, il avait prématurément mis fin à l'entretien qu'il avait accordé au stratège de Yao Xing, au cours duquel le vieil homme s'était lancé dans un interminable discours au sujet de la « concorde entre les différentes religions sous le Ciel ». Cela s'était conclu par une invitation à déjeuner, à laquelle Creux du Vide n'avait aucunement l'intention de se rendre. Il se demandait d'ailleurs pourquoi il avait accepté de recevoir le Gibbeux quand celui-ci, après s'être présenté sans la moindre escorte devant la porte de la Citadelle, avait demandé à être reçu par lui.

— À ta place, j'y réfléchirais à deux fois avant de l'envoyer balader ! lui rétorqua Persil en se lovant contre Creux du Vide.

Son partenaire de Nuage et Pluie lui tourna le dos sans autre forme de procès.

— C'est tout réfléchi !

Même si elle savait que le chef des Turbans jaunes n'était pas du style à se laisser dicter sa conduite, la jeune femme avait néanmoins bon espoir de le faire changer d'avis. Elle comptait jouer sur son appétit.

D'ailleurs, cela ferait bientôt un an qu'elle l'avait ferré, alors que, de notoriété publique, il changeait de partenaire toutes les deux lunes…

Creux du Vide était encore tout imprégné du plaisir qu'il avait pris dans les bras de Persil, quand celle-ci posa négligemment une jambe sur sa cuisse, ce qui le fit se raidir imperceptiblement. La jeune femme se mit à ronronner comme un chat, et si Creux du Vide s'était écouté, il aurait exécuté avec elle une autre figure de *La Fille sombre*, peut-être même les Crânes aux cous rejoints, qui était sa préférée. Mais comme il savait qu'il lui serait alors pratiquement impossible de se contrôler, il bondit du lit et noua un pagne autour de sa taille.

Sa chambre donnait sur une plate-forme d'où les empereurs observaient les astres par nuit claire ; le chef des Turbans jaunes alla s'accouder à une balustrade d'où la vue sur les environs était imprenable.

Sous l'effet du couchant, les monts des Coussins Rouges n'avaient jamais aussi bien porté leur nom et les muscles de Creux du Vide ressortaient parfaitement. Malgré ses cinquante ans, avec sa plastique impeccable et son visage anguleux à la peau cuivrée, le chef des Turbans jaunes eût pu servir de modèle au sculpteur de l'*Homme de bronze*, la statue géante qui trônait au sommet de la montagne Jaune, avant qu'un empereur dont les armées étaient à court de munitions ait la stupide idée de la faire fondre.

Indifférent à la somptuosité de ces montagnes tout habillées de rouge, Creux du Vide se mit à inspirer à fond par une narine, tout en pinçant l'autre, puis inversement, de façon à « nourrir son *qi* », le principe vital.

Lorsque son amante se mit à roucouler, il succomba à la tentation en se retournant.

Le spectacle en valait la peine : Persil caressait lentement sa Vallée des roses à l'aide de son index et de son majeur droit. Elle venait de les humecter avec sa langue, tout en adressant un clin d'œil appuyé au chef taoïste, qui se força de nouveau à regarder le paysage montagneux.

Creux du Vide avait Persil dans la peau : preuve en était qu'il n'avait jamais gardé si longtemps ses partenaires précédentes. Ses mains rageusement appuyées sur la balustrade, il n'arrivait pas à faire abstraction des gémissements de la jeune femme, laquelle prenait un malin plaisir à lui laisser entendre qu'elle allait bientôt jouir.

Ne parvenant pas à lâcher prise, il se lança dans une série de pompes.

12

La tour-pagode de l'Oie sauvage

Avec ses six étages reliés par des échelles extérieures, chacun d'eux étant légèrement en retrait par rapport au niveau inférieur, ce qui lui donnait une forme vaguement télescopique, la tour-pagode de l'Oie sauvage aurait pu servir de fanal à l'oasis de Koutcha.

Quand le soleil frappait ses poutres peintes en rouge vermillon et ses parois de torchis recouvertes de chaux colorée en jaune, on voyait des kilomètres à la ronde cet édifice à colombage qui fermait le côté nord de la cour centrale du monastère du Cheveu.

Maître K, qui en avait personnellement supervisé la construction, le chérissait comme un enfant. Raison pour laquelle il n'aurait laissé pour rien au monde à quelqu'un d'autre que lui le soin de l'inspecter minutieusement quand le tonnerre avait grondé. Il est vrai que, du fait de sa hauteur, l'Oie sauvage attirait parfois la foudre.

Celle-ci étant tombée sur la palmeraie au cours de la nuit précédente, le Grand Traducteur avait entrepris d'ausculter son ouvrage chéri. Il évoluait donc au-dessus du vide, entre le quatrième et le cinquième étage de l'Oie sauvage, sous le regard inquisiteur de Troisième Noble Vérité.

Le bonze court sur pattes et au visage bouffi de poussah s'était caché derrière l'un des pilastres de la cour, et il n'était pas là pour encourager son supérieur ; encore moins pour le secourir en cas de chute. Au lieu de cela, il buvait du petit-lait. Pour une fois qu'il avait pu se libérer au moment où Maître K grimpait sur ses échelles bringuebalantes !

Troisième Noble Vérité rêvait de devenir calife à la place du calife. Il estimait avoir toute la légitimité pour prétendre à cela, ayant fait partie des « ouvriers de la première heure », en tant que membre de l'équipe fondatrice du monastère du Cheveu.

Cela faisait des mois qu'il espérait assister à la chute du Grand Traducteur. Un pied ratant un barreau de l'échelle, un coup de vent, le cri d'un animal déstabilisant Maître K… badaboum ! Il se rompt les os en tombant… Karma oblige… le hasard faisant, pour une fois, bien les choses !

Mais cela n'était pas près d'advenir, vu la façon dont le Grand Traducteur se jouait présentement de ces échelles comme un acrobate. Et la dernière fois que le supérieur du Cheveu avait évolué entre ciel et terre, on aurait dit un jeune homme de vingt ans ! Et cette fois encore, en dépit du vent violent qui soufflait sur Koutcha, il avait atteint le dernier étage de sa pagode en un rien de temps !

Le chef des novices soupira.

C'était à croire que le Bienheureux ne voulait pas de la montée au nirvana de Maître K !

13

La leçon de calligraphie

Lune Rousse était une perfectionniste dans l'âme. Il fallait voir le soin avec lequel elle venait de disposer sur la table son nécessaire à calligraphier : la pierre d'encre en forme de haricot, le pot avec sa quinzaine de pinceaux de tailles différentes – du plus fin, en moustaches de loutre, au plus épais, en poil de queue de renard – et le godet qu'elle avait rempli d'eau juste ce qu'il fallait pour ne pas le faire déborder en y trempant ses pinceaux.

— Maître Gibbeux, avez-vous déjà entendu parler des Nobles Vérités ? dit-elle en levant la tête vers lui.

Stupéfié par cette question, que la fille de Yao Xing avait formulée sur un ton qui se voulait innocent, le vieux lettré la contourna pour venir, comme à l'accoutumée, se placer derrière elle, de façon à pouvoir guider sa main et corriger l'inclinaison de son poignet.

— Tu connais donc les Nobles Vérités ? fit-il en s'efforçant de cacher sa surprise.

— L'autre jour, au Grand Marché, j'ai vu un colporteur qui vendait des effigies du bienheureux Bouddha !

— Cet homme devait venir de l'ouest…

Après avoir choisi un pinceau en moustaches de rat, Lune se retourna vers son professeur :

— Maître Gibbeux, les Nobles Vérités ne seraient-elles pas la preuve que les religions sous le Ciel répondent aux mêmes objectifs ? Entre le Bouddha et Maître Kong, je n'arrive pas à voir de différences notables !

Il n'en fallait pas plus au Gibbeux pour passer de la sidération à l'idée que sa meilleure alliée était la jeune fille qui s'était mise à frotter délicatement les poils de son pinceau sur le bloc d'encre, après les avoir imbibés d'eau.

— Tu vois juste…, poursuivit le vieux bossu. Les religions sous le Ciel ont toutes le même objectif, qui est de faire des individus des « hommes de bien ».

— Mais dans ce cas, comment se fait-il que chacune vénère son propre dieu ? s'enquit la jeune fille.

Le Gibbeux pointa son index droit vers le ciel.

— Il arrive que plusieurs termes désignent une même réalité. Le bienheureux Bouddha, l'« Éveillé », Maître Kong, le « Grand Sage », sont les dieux de ceux qui les considèrent comme tels !

— Et les adeptes de la Voie ? Ont-ils un dieu ?

— Ils ont la Voie dont tout, selon eux, procède ! Comme tout procède de Dieu aux yeux d'un chrétien, ou du Bienheureux aux yeux d'un bouddhiste.

— Et le Vieux Sage ?

Le Gibbeux eut un léger soupir.

— Après des années passées à réfléchir à la marche de l'Univers, le Vieux Sage a théorisé la Voie. En lui vouant un culte, les adeptes de la Voie ne font que lui rendre justice.

— Comment se fait-il que Maître Kong n'adhérait pas à la Voie ?

— Ça, c'est ce que prétendent les confucéens... à tort !

— Vraiment ?

— Que je sache, de nombreux confucéens prennent bien des pilules de Longue Vie, répondit le Gibbeux, tandis que son élève clignait des yeux en signe d'acquiescement à chacune de ses phrases.

Alors qu'il s'apprêtait à demander à Lune Rousse d'écrire le caractère *ma* (qui signifie « cheval ») en style de chancellerie, elle s'écria :

— Maître Gibbeux, savez-vous que le Dieu des chrétiens aurait envoyé son fils sur Terre pour sauver l'humanité ?

Le vieux lettré, après avoir légèrement vacillé, répondit :

— Tu connais donc les croyances des chrétiens ?

— Au dire du même colporteur, quand on se dirige vers la grande mer de l'Ouest, on traverse plusieurs contrées peuplées de chrétiens qui vénèrent un certain

Christ. C'est lui qui serait le fils de Dieu ; ces gens prétendent qu'il est mort crucifié.

Le temps pour la jeune fille de positionner son pinceau comme on doit le faire pour calligraphier des idéogrammes – en appuyant dessus avec l'index, tandis que le pouce et le majeur le font tenir contre la paume –, le stratège de Yao Xing avait déjà son plan en tête. Modifiant légèrement l'inclinaison du poignet de Lune, il déclara :

— Je vois que tu sais déjà beaucoup de choses au sujet des chrétiens. S'agissant du Bouddha et de ses Nobles Vérités, je connais un vieux bonze dont la pagode se trouve à l'orée du jardin public des Grives chaleureuses... Mais peut-être as-tu déjà croisé le révérend Terre Pure ?

Malgré tout le respect qu'elle devait à son précepteur, Lune fit « non » de la tête.

— Si tu veux, je pourrais organiser une rencontre avec lui, poursuivit le vieux lettré, au grand dam de son élève qui s'en voulait déjà d'avoir menti.

Si le Gibbeux avait pu voir le visage de Lune, il y aurait facilement décelé son trouble.

— Pourquoi pas ? Mais il conviendrait de choisir un endroit où le Bureau invisible ne viendra pas nous chercher noise, glissa-t-elle d'une voix blanche.

Le vieux lettré lâcha le poignet de son élève.

— Que dirais-tu du sommet de la montagne Chauve ? Là-haut, il n'y a jamais grand monde.

Le Gibbeux n'avait pas tort. Mis à part quelques férus de tai-chi qui venaient y « prendre les souffles », fort peu de gens faisaient l'ascension de ce piton rocheux situé au cœur des Coussins Rouges et dont d'aucuns prétendaient que sa plate-forme sommitale épousait la forme du crâne de Confucius.

Rentré chez lui, le vieux bossu aurait été bien en peine de dire pourquoi il avait choisi cet endroit ; et il était loin de se douter de ce que le destin allait lui réserver lorsqu'il s'y trouverait.

14

Les Crânes aux cous rejoints

De nouveau accoudé à sa balustrade, face à la féerie des Coussins Rouges qui viraient au violet, Creux du Vide savourait l'instant, en même temps qu'il arborait un air repu.

Ce jour-là, il avait des raisons d'être aux anges, vu la façon dont Persil s'était surpassée, lors de leurs Crânes aux cous rejoints – « l'homme doit être assis en tailleur, la femme vient s'asseoir sur lui, jambes écartées, ce qui permet à chacun des partenaires d'assister à la jouissance de l'autre » –, ainsi qu'en témoignaient ces délicieux fourmillements qui continuaient à traverser sa Divine Hampe.

Cerise sur le gâteau, la jeune femme avait cessé de le tarabuster au sujet du Gibbeux et de sa fameuse invitation à déjeuner en compagnie des représentants des autres religions présentes sous le Ciel de Chang'an…

De fait, Creux du Vide n'avait aucune envie de s'extraire d'une existence qui lui convenait à merveille, à l'instar des personnes ayant beaucoup subi, puis beaucoup lutté pour conquérir leur position.

Le chef des Turbans jaunes n'avait qu'une idée en tête : atteindre les Dix Mille Ans, à l'instar de l'Empereur jaune. Il ne l'aurait avoué à personne – et surtout pas à Persil ! –, mais s'extraire de son pré carré pour prendre le pouvoir ne l'intéressait pas. Raison pour laquelle c'était plus par obligation, pour ne pas décevoir ses troupes, que par conviction qu'il continuait à prôner la Grande Paix, sachant qu'il ne se faisait guère d'illusions sur les chances qu'une telle utopie se réalise.

Le sentiment de gratitude qu'il venait d'éprouver à l'égard de sa partenaire n'était rien, à ce moment-là, en comparaison de l'envie qu'il avait d'elle. Il se retourna vers Persil, qui était assise en tailleur sur le lit. Il pouvait admirer sa Vallée des roses, lisse comme la peau d'une pêche, d'une douceur dont la langue du chef des Turbans jaunes gardait la sensation… ainsi que ses petits seins, dont il se plaisait tant à mordiller les mamelons…

Si le chef des Turbans jaunes avait laissé libre cours à ses fantasmes, il se serait jeté sur elle, tel le taurillon sur la génisse en chaleur ! Mais comme c'eût été permettre à Persil d'avoir le dernier mot, il se ravisa.

En présence de ses chères montagnes, le chef des Turbans jaunes se sentait pleinement maître de son destin. S'adonner tous les matins aux exercices respiratoires de Longue Vie, jouir en faisant Nuage et Pluie tout en se gardant de mettre enceintes ses partenaires, mais aussi marcher dans la montagne, se baigner dans l'eau des torrents, se laisser inonder par la pluie et dorer par le soleil, et tout cela quand bon lui semblait – telles étaient les marottes du taoïste.

Creux du Vide, il est vrai, revenait de loin.

Issu d'une famille taoïste du pays de Zhao, l'un des royaumes issus de la dislocation de l'Empire, il avait neuf ans quand il avait dû prendre le chemin de l'exil après avoir été forcé d'assister à la décapitation de son père.

Après un détour par le pays de Wei, Creux du Vide et sa mère avaient trouvé refuge au Qin postérieur, puis une adolescence passée au grand air, à pratiquer les arts martiaux et l'équitation, il avait intégré la secte des Allumés de l'intérieur, après s'être fait remarquer par le responsable des Turbans jaunes du village, où sa mère était devenue couturière. Son ascension au sein de la milice avait été fulgurante, en raison de ses qualités physiques, ainsi que de son habileté au tir à l'arc, cette discipline servant à sélectionner les candidats aux divers échelons de commandement des Turbans jaunes. Devenu leur chef, Creux du Vide avait droit de vie et de mort sur ses hommes. Il était également leur médecin, car il avait appris à localiser leurs nœuds énergétiques dans lesquels on plantait de fines aiguilles en silex, de façon à calmer les douleurs et à apaiser certains tourments de l'âme. Il leur dictait leurs menus et il leur prescrivait toutes sortes de plantes et de décoctions, pour soigner toutes sortes de maux, en tenant compte du mois lunaire et de la disposition du lit dans lequel un malade dormait.

À cette fin, il avait potassé le *Livre intérieur de la Cour jaune*, un manuel de médecine où il était préconisé de prendre chaque soir une pilule de Longue Vie, à l'instar de l'Empereur jaune, le bienfaiteur du peuple Han, un personnage omniscient qui était censé avoir vécu Dix Mille Ans, parce qu'il couchait chaque nuit avec une nouvelle jeune vierge. On devait aussi s'assurer grâce au feng shui, la science de l'énergie environnementale, du contexte harmonieux dans lequel on se trouvait si l'on voulait demeurer en bonne santé.

Creux du Vide avait également appris à se dominer. S'il avait laissé libre cours à ses instincts, il n'aurait pas tourné le dos à Persil. Et sa partenaire n'aurait pas pu ramasser discrètement, au pied du lit où il l'avait laissé choir par mégarde, le petit poignard en bronze dont le manche avait la forme d'un tigre bondissant, et sur la lame duquel il avait fait graver les deux idéogrammes de son patronyme.

15

Les rêves de vengeance de Persil

En ce début d'après-midi, des trombes d'eau s'abattaient sur Chang'an et les allées du parc des Grives chaleureuses étaient désertes, au grand soulagement de Persil, qui n'aurait pas aimé être reconnue, alors qu'elle fonçait, la tête baissée et le cœur battant, vers la maison de Chou Pommé.

À présent qu'elle avait en vue le toit aux arêtes en queue d'hirondelle de la demeure de la responsable du gynécée de Yao Xing, elle avait le torse pris dans un étau, et il lui semblait que les majestueux ginkgos l'observaient du coin de l'œil…

Comme elle peinait à respirer et qu'il n'y avait toujours pas âme qui vive à l'horizon, elle fit basculer sa capuche de façon à exposer son visage à l'ondée. La fraîcheur qu'elle ressentit alors l'apaisa quelques instants, jusqu'à ce que le souvenir d'une douleur fulgurante la traversât de part en part, au point qu'elle dut se contenir pour ne pas hurler.

Persil avait éprouvé la même sensation, mais cette fois-là pour de vrai, après qu'on l'avait attachée, jambes écartées, sur la table de l'avorteuse… chez qui Chou Pommé l'avait traînée de force.

Cela faisait plusieurs semaines qu'elle n'avait pas eu ses règles, le jour où la responsable du gynécée avait déboulé dans sa chambre, en compagnie d'un garde. La pauvre était si fière de son état qu'elle n'en voulait même pas à Yao Xing de l'avoir entreprise comme un porc en rut six semaines plus tôt, à l'occasion de l'unique partie de jambes en l'air dont le souverain du Qin postérieur l'avait gratifiée. Et même si sa Lance de Jade, après avoir forcé l'entrée de la Caverne de Grain, n'y était restée que quelques secondes, le père de Lune Rousse pratiquant Nuage et Pluie comme un sagouin, Persil s'était retrouvé enceinte.

Elle avait atterri dans le lit de Yao Xing après avoir été remarquée par Chou Pommé. Le patron du Phénix voltigeant, quant à lui, ne s'était pas privé de faire l'article au sujet de sa pensionnaire, insistant sur la virtuosité avec laquelle elle accomplissait les figures de *La Fille sombre*. Et il fallait voir l'air déconfit des autres filles quand P'tit Zhong avait conclu que Persil était, comparée à ses autres pensionnaires, telle « de la pêche cueillie sur l'arbre, à côté des fruits blets tombés au sol ».

Or la malheureuse élue ignorant que Yao Xing obligeait ses concubines à avorter, elle n'avait pas compris pourquoi on lui bandait les yeux, puis enfonçait dans la bouche un mouchoir imbibé d'eau-de-vie de sorgho... La douleur avait été tellement atroce qu'elle avait perdu connaissance.

La faiseuse d'anges ayant terminé son boulot, Persil avait été déposée dans la « Jungle », le nom donné à un immense bidonville où atterrissaient les miséreux venus tenter leur chance dans la capitale et dont le nombre croissait de façon exponentielle, depuis que Yao Xing avait succédé à son père.

C'est là, sous un abri de fortune, que la jeune femme avait ouvert un œil, puis l'autre, tandis qu'un trio d'enfants morveux penchés au-dessus d'elle l'examinaient avec curiosité. Elle était alors incapable de bouger ses jambes et grelottait de fièvre.

Heureusement qu'entre gueux de la Jungle on se serrait les coudes : sans cette aïeule qui s'y connaissait en matière d'onguents aux vertus antiseptiques, Persil aurait succombé à une septicémie. Grâce à sa constitution robuste, la jeune femme avait survécu, et une fois retapée, elle avait trouvé refuge chez un lointain cousin qui élevait des volatiles non loin de la frontière du Zhao postérieur. C'est là, au milieu des poules et des canards, qu'elle s'était juré d'anéantir Yao Xing.

Sa décision de faire d'une pierre deux coups, en administrant la mort à Chou Pommé, datait, en revanche, d'à peine quelques heures, alors qu'elle se trouvait à mi-chemin entre le Nid d'aigle et la capitale.

Sur le moment, son plan lui avait paru génial. Un simple jeu d'enfant !

La pourvoyeuse en concubines de Yao Xing se targuait de ne jamais rater sa sieste. On la voyait toujours s'éclipser du harem entre le début et le milieu de l'après-midi... Une fois cette dernière endormie, Persil comptait la poignarder en plein cœur.

Notre vengeresse se trouvait au début de la rue où habitait Chou Pommé et la chance lui semblait de son côté : il n'y avait personne à l'horizon et aucun des volets des trois fenêtres de la façade de la maison n'était clos. D'où l'euphorie de Persil, au moment où elle empoigna son petit poignard au tigre bondissant.

Désormais, pour régler définitivement son compte à Chou Pommé, il lui suffisait de pénétrer dans sa chambre par la fenêtre.

Alors que la salle à manger, sur laquelle donnaient les deux premières ouvertures, était déserte, on imagine le désappointement de Persil quand elle découvrit que l'intéressée se trouvait en galante compagnie... et l'air de s'ennuyer ferme, du moins à en juger par la façon dont elle fixait le plafond, pendant qu'elle se faisait ramoner par un individu qui ahanait comme un phoque.

En d'autres circonstances, elle en aurait pleuré de rire : la responsable du gynécée de Yao Xing, qui ne jurait que par les figures de *La Fille sombre*, jouait le rôle du « bol » dans la position dite du « Couvercle sur le bol » – expression que les filles du Phénix utilisaient pour se gausser du manque d'imagination de certains clients !

Mais pour la partenaire de Creux du Vide, l'heure n'était pas à ce genre d'humour. Elle était si déconfite, qu'elle avait failli lâcher son arme. C'est alors qu'un bruit en provenance du fond de la rue la fit se retourner.

Un garçonnet courait dans sa direction. Il poussait un cerceau autour duquel virevoltait un petit chien, auquel il donnait des coups de pied tout en riant aux éclats. Derrière l'enfant, il y avait une femme âgée, sans doute sa grand-mère, qui le morigénait tout en essayant de le rattraper... Car le soleil avait enfin réapparu, encourageant les habitants du quartier à sortir de chez eux.

La plupart d'entre eux, à l'instar de la grand-mère et de son petit-fils, se rendaient au jardin des Grives chaleureuses... Le plan de Persil tombait à l'eau. La mort dans l'âme, elle emboîta le pas à l'aïeule au petit chien.

Dans le flot des promeneurs, dont la joie de vivre et l'insouciance avaient quelque chose d'insolent, la jeune femme s'en voulait d'avoir laissé libre cours à son impulsivité, alors que son objectif principal était de réduire Yao Xing en bouillie !

Persil ne possédant rien d'autre que son corps, elle avait décidé de s'en servir pour cela comme d'une arme. Grâce à lui, elle avait réussi à mettre le grappin sur l'individu dont elle avait ouï dire qu'il était particulièrement sensible au charme féminin, et qu'elle imaginait être le plus farouche ennemi du roitelet... Mais si ses prouesses au lit avaient fait mouche auprès du chef des Turbans jaunes, elle s'était rapidement rendu compte qu'elle aurait le plus grand mal à lui faire rompre des lances contre le souverain du Qin postérieur.

C'est pourquoi Persil considérait comme une aubaine inespérée la fameuse invitation que le Gibbeux avait lancée à Creux du Vide, car elle y voyait un moyen de faire redescendre celui-ci dans l'arène. Et sa venue à Chang'an avait précisément pour but de mettre en place un stratagème destiné à faire en sorte que Creux du Vide se rende aux agapes du vieux lettré.

Furieuse d'avoir perdu son temps, et malgré sa fâcheuse impression de marcher à l'aveuglette dans un labyrinthe, elle pressa le pas.

16

Les agapes ratées

La scène s'était rappelée au bon souvenir de Creux du Vide, avec une netteté proprement stupéfiante, au moment précis où Élévation des Rites avait fait irruption dans la salle à manger du Gibbeux, tandis que l'hôte des lieux vaticinait au sujet de la nécessité de l'esprit de tolérance, de la conduite morale, du respect des anciens et des traditions, de la nécessaire concorde entre les différentes religions « sous le Ciel », et que l'évêque chrétien opinait gravement du chef.

Non seulement cette table, autour de laquelle les invités avaient pris place, était semblable à l'aire circulaire, délimitée par des pierres, où les autorités du Zhao faisaient procéder aux exécutions capitales, mais la sauce dans laquelle baignaient la carpe farcie aux cinq parfums et les langues de canard frites avait le même aspect que le sang séché de son père. Pis, on aurait dit que la mixture où nageaient les sauterelles laquées et les champignons « oreilles de chauve-souris » était de la cervelle écrabouillée.

Sous le choc, le chef taoïste fut projeté une quarantaine d'années en arrière, quand on l'avait obligé à assister à l'agonie et à la mise à mort de son père, comme le stipulait le code pénal du Zhao postérieur, s'agissant des enfants mâles des condamnés à la peine capitale.

Creux du Vide se remémorait l'enchaînement des événements à la seconde près : la hache abattue d'un coup sec sur la nuque du condamné ; la tête de celui-ci se détachant du tronc, puis roulant par terre comme un vulgaire ballon ; la flaque de sang brunâtre se répandant sur le sol autour de la tête ; le bourreau la saisissant par la natte et l'exhibant à la foule ; le corps du supplicié évacué dans une brouette, et le tortionnaire essuyant négligemment sa hache…

On l'avait obligé à regarder. Dès qu'il fermait à peine les paupières, il était rappelé à l'ordre par un garde, à grands coups de bourrades… et cela, sous les quolibets de l'assistance.

Dans la salle à manger du Gibbeux, Creux du Vide revoyait la scène qui avait précédé la décapitation : le bourreau admonestant vertement son fils, à cause de sa maladresse, car il avait abattu la hache à côté du cou. Le taoïste croyait même entendre les injures dont l'intéressé avait agoni ce garçon... lequel, Creux du Vide en aurait mis sa main au feu, ne faisait qu'un avec cet odieux lettré qui venait de débarquer en claironnant qu'il était mandaté par Yao Xing.

De l'autre côté de la table, le Gibbeux était dans ses petits souliers, car il ne lui avait pas échappé que, depuis l'irruption d'Élévation des Rites, le chef des Turbans jaunes avait cessé de loucher sur la petite boîte au couvercle orné d'un dragon qu'il avait ostensiblement posée sur la table, tout en adressant un clin d'œil appuyé à son destinataire. Qu'aurait pensé le vieux lettré s'il avait vu la main droite de ce dernier, qui était cachée par la table, serrer le manche de la dague qu'il portait à la ceinture ?

Creux du Vide hésitait sur la conduite à tenir. Fallait-il régler immédiatement son compte au dénommé Élévation des Rites, en bondissant sur lui, tel le prédateur sur sa proie, et en lui tranchant direct la carotide, au risque de voir débarquer la gendarmerie de Yao Xing, dont on pouvait imaginer qu'elle rôdait dans les parages ? Ou fallait-il patienter jusqu'à un moment plus propice, à la façon des tigres qui attendent la nuit pour chasser ?

Bien qu'assis à la droite du maître de céans en tant que doyen des convives, Terre Pure était à mille lieues de tout cela. Persuadé que le vieux lettré lui déroulait le tapis rouge, il se plaisait à voir dans la disposition des sauterelles une allusion directe au mont Meru. Il est vrai que, compte tenu de sa place, il ne pouvait pas deviner que le Gibbeux peinait à cacher son désarroi derrière un sourire de façade. Quant à l'évêque, on aurait dit qu'il n'avait pas mangé depuis trois jours, à en juger par le rythme effréné avec lequel il engloutissait les mets qui défilaient !

Le vieux lettré ayant pris conscience que la situation risquait de déraper à tout moment entre Creux du Vide et l'intrus, il craignait de perdre la face vis-à-vis de ses autres convives. Aussi guettait-il désespérément l'occasion qui lui permettrait de faire sien l'adage : « Quand un mystère nous dépasse, feignons d'en être l'organisateur. » Autrement dit, de laisser entendre qu'il était à l'origine de la présence du lettré venu de nulle part.

Profitant de l'apparition sur la table du potage aux nids d'hirondelles – le « clou » des meilleurs repas de cérémonie –, il crut bon de lancer à l'adresse d'Élévation des Rites, en usant d'un ton aussi enjoué que possible, cela n'empêchant pas sa voix d'être encore plus chevrotante qu'à l'ordinaire :

— Mon cher ami, mon petit doigt me dit que ce potage est votre mets préféré !

Il n'en fallait pas plus au chef des Turbans jaunes pour être persuadé que le Gibbeux et Élévation des Rites étaient de mèche.

Plantant son poignard dans le bois de la table, il s'écria :

— En ce qui me concerne, je n'ai aucune sympathie pour ces petits nuages gluants qui n'ont pas le moindre goût !

Alors qu'un serviteur déposait sur la table un plat creux rempli du bouillon gras et sur le pourtour duquel étaient disposés des petits oiseaux dont on aurait dit qu'ils s'abreuvaient dans le potage où ils avaient bouilli pendant des heures, l'hôte cherchait désespérément un allié autour de la table. Persuadé que Terre Pure était le plus apte à jouer ce rôle, il lui lança, avec un clin d'œil qui se voulait complice :

— Et vous, très estimé révérend ?

L'intéressé, dont la main droite cachait une petite moue de dégoût, chuchota au maître de céans :

— En vertu du principe de réincarnation, le Bienheureux nous demande de nous abstenir de manger des animaux ainsi que leurs produits, dont la bave de l'hirondelle fait partie.

Alors que le Gibbeux s'était mentalement mordu la langue, il allait commettre un nouvel impair, dont les conséquences allaient s'avérer autrement dramatiques.

— Au fait, mon cher ami, je souhaiterais vous présenter une personne qui a l'oreille de notre cher souverain, s'écria-t-il. Que diriez-vous de se retrouver dans trois jours, au sommet de la montagne Chauve, aux alentours de midi ?

Tout à sa hâte de rattraper sa bévue, le vieux lettré ne s'était pas rendu compte qu'il avait parlé à la cantonade, alors que son propos était destiné au seul missionnaire du Cheveu.

Le temps pour ce dernier de répondre au vieux stratège, avec une emphase digne d'un homme du monde, qu'il se faisait un plaisir d'accepter son invitation, Creux du Vide avait déjà bondi de son siège. Puis il quitta la pièce sans un mot.

17

La montagne Chauve

Levé aux aurores, le Gibbeux avait très peu dormi. Cela ne l'empêchait pas de hâter le pas, sur l'unique chemin qui menait au sommet de la montagne Chauve, car il tenait à arriver avant Lune Rousse et Terre Pure.

Depuis ses agapes ratées, notre vieux stratège était d'autant plus découragé qu'il avait cru que l'affaire était dans le sac, Creux du Vide s'étant finalement rendu à son invitation... Un vrai petit miracle que le Gibbeux devait à Persil, dont le stratagème avait parfaitement fonctionné !

Le chef des Turbans jaunes serait bientôt à court de pilules de Longue Vie ; son fournisseur habituel était passé de vie à trépas, et les alchimistes étaient pourchassés par les autorités du Qin postérieur ; pour convaincre Creux du Vide d'assister au repas, il suffisait de lui promettre qu'on lui remettrait alors une boîte de ces pilules...

Tel était, en substance, le discours que Persil avait tenu au Gibbeux, à l'issue de son expédition punitive ratée chez Chou Pommé.

Lorsque la jeune femme avait débarqué chez le vieux bossu sans crier gare, ce dernier n'avait pas tardé à la reconnaître, malgré son crâne rasé, et il s'était rapidement rendu à ses arguments. En revanche, il n'avait pas tenu compte du souhait de Persil de profiter de la présence du chef des Turbans jaunes à son domicile pour le faire capturer par le Bureau invisible.

Peu familier des traquenards, le Gibbeux avait bu du petit-lait en constatant la façon dont Creux du Vide lorgnait la petite boîte, à l'intérieur de laquelle se trouvait la vingtaine de pilules rouges que le stratège de Yao Xing s'était procurée chez le principal apothicaire de Chang'an... jusqu'à ce que ce satané Élévation des Rites vienne gâcher la fête !

Le vieux lettré misait désormais tout sur Lune Rousse et l'influence qu'elle avait sur son père, pour faire en sorte que ce dernier cesse de dénigrer le bouddhisme et voie d'un autre œil les religions venues de l'ouest.

À présent que le moment de vérité approchait, notre stratège sur le déclin ne voulait surtout pas effaroucher sa protégée, et encore moins lui laisser entendre qu'il l'avait manipulée. Cherchant la bonne entrée en matière, il ne prêtait même pas attention, lui qui d'ordinaire aimait par-dessus tout les beautés de la montagne, aux reflets mordorés qui transformaient en un somptueux tapis la lande rase qui s'étendait de part et d'autre du sentier, non plus qu'à ces gros blocs calcaires, d'une blancheur quasiment irréelle et qui semblaient avoir été déposés là par la main d'un géant amoureux des paysages.

Au fur et à mesure que le Gibbeux s'approchait du dôme sommital, son désarroi grandissait.

Sous ses dehors impavides et ses gestes mesurés, le vieux bossu était le contraire d'un animal à sang froid. Même s'il méprisait Yao Xing, il vivait douloureusement la montée en puissance d'un rival, en la personne d'Élévation des Rites : il se sentait comme un oiseleur qui voit son oiseau lui échapper, ou comme un dresseur de fauves qui n'arrive plus à se faire obéir du tigre qu'il a dompté.

Alors qu'il n'était plus qu'à quelques mètres de l'arête – particulièrement étroite – qui menait au sommet, il avait l'impression qu'un démon prenait un malin plaisir à verser de l'huile bouillante dans les articulations de ses genoux et de ses hanches, en même temps qu'il avançait à tâtons, comme sur des œufs et en regardant ses pieds, car il avait le soleil en pleine face.

À une cinquantaine de mètres devant lui, Creux du Vide attendait le bon moment pour décocher sa flèche. Plus que quelques secondes, et le Gibbeux se trouverait à la distance idéale.

Calme et déterminé, le chef des Turbans jaunes se sentait conforté par les circonstances. Il ne s'attendait pas à ce que le soleil soit à ce point son allié. Seule petite contrariété : il n'avait pas réussi à mettre la main sur son petit poignard, raison pour laquelle il s'était muni d'une machette, dans le cas où son tir n'atteindrait pas un organe vital – hypothèse au demeurant hautement improbable, étant donné sa dextérité au tir à l'arc.

Après une ultime inspiration, il inséra la corde dans l'encoche de la flèche, puis il banda son arc et lâcha la corde, tout cela sans que le reste de son corps ait bougé d'un millimètre et avec la précision d'un chirurgien manipulant son scalpel.

La corde ayant produit sa note habituelle, le trait fendit l'air avec un léger vrombissement. Trois secondes plus tard, le Gibbeux tomba à genoux avec un petit cri étouffé, puis roula sur le côté.

Lorsque Creux du Vide se pencha au-dessus du vieux bossu, il était déjà dans les Nuées rouges.

18

Le Lieu interdit

Sur des charbons ardents, Meryem défiait du regard les dragons en céramique vernissée qui ornaient les tuiles faîtières de la muraille du Lieu interdit. Ainsi appelait-on cet illustre endroit, situé à quelques encablures de l'ancien épicentre du pouvoir impérial, où la bave d'un ver minuscule devenait un tissu vendu à prix d'or. Haute de près de 4 mètres, cette enceinte était comparable à celle de la Cité interdite, à ceci près qu'elle était entièrement couverte de lierre. Elle était aussi en bien meilleur état, comme la fille d'Athanase avait pu le constater la veille, quand elle en avait fait le tour, dans l'espoir de se faufiler discrètement à l'intérieur du saint des saints de la soie.

Pendant des siècles, cet engouement pour le tissu précieux avait bénéficié aux Chinois, les Han étant les seuls à savoir le produire, jusqu'à ce qu'ils se fassent chiper leur secret de fabrication – disait-on – par une princesse du royaume de Khotan. En effet, l'intéressée avait réussi à sortir de l'empire du Milieu, avec des œufs de ver à soie et des graines de mûrier cachés dans son corsage. Les gardiens de la Grande Muraille n'y avaient vu que du feu.

Comme beaucoup d'autres, l'évêque Athanase d'Antioche avait entendu parler de cette histoire qui avait fait de cette minuscule oasis une vraie puissance financière. Et les caisses de son évêché étant quasiment à sec, il avait chargé sa fille, sous le sceau du secret, de suivre l'exemple de cette petite voleuse de la soie.

Ce n'est qu'une fois arrivée à Chang'an que Meryem avait pris conscience de la complexité de la tâche qui lui incombait. Contrairement à ce que lui avait raconté son père, la soie n'était pas fabriquée à partir d'un duvet poussant sur les feuilles des mûriers. Celles-ci ne servaient qu'à nourrir les chenilles qui fabriquaient les cocons à l'origine de la précieuse étoffe. Ces cocons devaient être ébouillantés, puis dévidés en un fil qui était tissé, éventuellement teint… Chacune de ces étapes nécessitait un savoir-faire particulier, détenu par des mains particulièrement habiles. À la fin, on pouvait espérer obtenir un peu de cette matière qui valait encore plus cher que les épices…

Après des semaines à se ronger les sangs et à prier saint Joseph et saint Athanase, Meryem avait fini par se dire que le plus efficace était de se rendre au Lieu interdit, persuadée que c'était là qu'elle tomberait sur la bonne âme à laquelle elle soutirerait des informations sur la marche à suivre.

Pour escalader cette muraille couverte de lierre, Meryem s'était munie d'une échelle en bambou, qu'elle avait eu le plus grand mal à transporter. Alors qu'elle s'apprêtait à y monter, elle était terrifiée à l'idée d'être prise sur le fait, assise à califourchon entre deux dragons de céramique !

Elle n'en menait pas large, même si aucun bruit ne provenait de l'autre côté du mur végétalisé, mis à part les miaulements d'un chaton. Ce silence n'avait rien de rassurant. La plupart des passants auxquels elle avait demandé la direction du Lieu interdit lui ayant dit en ignorer l'existence, Meryem finissait par se demander si la recette de la soie n'était pas tombée aux oubliettes…

Elle constata que son intuition était la bonne, une fois arrivée au sommet de l'échelle, qu'elle avait gravie péniblement, et après avoir manqué d'en dégringoler, devant le spectacle de désolation qui s'offrait à son regard.

Le saint des saints de la soie n'était plus que bâtiments en ruine, de part et d'autre d'allées envahies d'herbes folles.

19

Le rendez-vous manqué

Pendant que le chef des Turbans jaunes traînait le corps du Gibbeux par les pieds jusqu'au bord de la falaise, puis le faisait basculer dans le vide sans même vérifier si son cœur battait toujours, Terre Pure avait été rattrapé par Lune Rousse et Nestor.

Perdu dans ses pensées, le vieux bonze ne s'était pas aperçu que les deux tourtereaux marchaient derrière lui. D'où sa stupéfaction lorsqu'il les aperçut, la fille de Yao Xing l'ayant hélé de loin.

Les yeux arrondis comme deux disques de jade, il s'écria :

— Pivoine et Coquelicot, ça par exemple ! Où donc allez-vous ?

Mi-sérieux mi-rigolard, le fils de l'évêque répondit :

— Je crois savoir que nous nous rendons au même endroit…

Devant l'air de plus en plus ahuri de Terre Pure, ladite « Pivoine » décida de tout avouer :

— Révérend Terre Pure, au point où nous en sommes, je vous dois la vérité : je m'appelle en réalité Lune Rousse et je suis la fille du roi du Qin postérieur.

— Et moi, continua son fiancé, mon vrai nom est Nestor, et je suis le fils de l'évêque chrétien Nicodème.

Ces aveux ayant fait trébucher le vieux bonze, elle le retint en lui saisissant les deux avant-bras.

— J'aurais dû vous le dire plus tôt, mon révérend, mais je craignais que cela ne vous porte préjudice.

Le jeune homme intervint de nouveau :

— Lune Rousse dit vrai. Nous ne voulions pas vous mettre dans une situation embarrassante. Vous êtes le seul à savoir que nous nous fréquentons…

La jeune fille avait les larmes aux yeux. Elle tira le garçon vers l'arrière et fléchit un genou devant le vieux moine.

— J'espère que vous ne m'en voulez pas trop… Je vous prie de nous pardonner.

En même temps qu'il reprenait ses esprits, Terre Pure mesurait à quel point la chance lui souriait. Que pouvait-on rêver de mieux que la fille de Yao Xing pour diffuser les Nobles Vérités en terre Han ?

— C'est chose faite ! lança-t-il, le regard pétillant et un grand sourire aux lèvres. Sans l'intervention du Gibbeux, je n'aurais jamais su qui vous étiez !

Et il ajouta, comme s'il se parlait à lui-même :

— Quant à ce rendez-vous, je parierais qu'il se passera au mieux !

Toujours un genou à terre, Lune Rousse, qui avait l'air d'un enfant sage pris en flagrant délit de mensonge, tendit son bras vers Nestor pour lui faire signe de ne pas bouger.

— Mon révérend, j'ai une petite faveur à vous demander !

— Je t'écoute.

— Il conviendrait que le Gibbeux ne sache pas que nous nous connaissons.

Le vieux bonze avait tiré Lune par le bras, pour la faire se relever.

— Si je comprends bien, nous nous sommes rencontrés pour la première fois en faisant l'ascension de cette montagne…, conclut-il en reprenant sa marche.

Derrière lui, au milieu des rochers blancs, Lune se sentait pleinement en confiance : tant le Gibbeux que Terre Pure, de par leur âge, leur sagesse et leur bienveillance, étaient comme les deux faces d'une médaille protectrice.

20

Le remugle d'œuf pourri

La porte s'ouvre brusquement. Tapi sous sa couverture, Terre Pure déglutit, tandis qu'un remugle d'œuf pourri envahit la pièce.

Écœurante au possible, l'odeur est encore plus insupportable que celle des charognes charriées par la rivière coulant en contrebas de la forteresse de Nalanda, après la crue. Pour ne pas vomir, le bonze se force à maintenir sa bouche fermée... S'il s'écoutait, il se pincerait les narines, mais il n'ose pas.

La silhouette du chaman apparaît, nimbée de lumière, dans l'encadrement de la porte, Terre Pure fait le mort. L'homme-médecine tient une bougie. La flamme éclairant son visage par en dessous, on dirait qu'il porte l'un de ces masques de démon dont les habitants des hauts plateaux du Tibet se servent pour éloigner les mauvais esprits. Derrière le chaman, le jeune moine découvre l'enfant... ou plutôt un gnome, celui que les jumeaux Dalit traitaient de porcelet stupide, une face de lune avec des fentes à la place des yeux.

Le bonze jette un coup d'œil à Maître K, qui dort à poings fermés.

Venu s'agenouiller à côté de lui, le chaman passe et repasse la bougie au-dessus de la tête, du buste, puis des jambes du Grand Traducteur, tout en prononçant des onomatopées que Terre Pure ne comprend pas… Il a un frisson en voyant le petit être aux yeux en fentes et le sac en cuir qui pend au cou de Maître K !

Terre Pure supplie la main du Bouddha de venir secouer Maître K. Le gnome farfouille à l'intérieur du sachet de cuir. Terre Pure voudrait hurler, mais la peur le paralyse, lorsque la main crasseuse du gnome s'empare de l'étui en argent.

Terre Pure referme aussitôt les deux bords de la couverture.

Il aimerait tant n'avoir rien vu ! Lorsqu'il passe une tête en dehors de la couverture, l'homme-médecine et l'enfant ne sont plus là. Un ciel laiteux se découpe dans l'ouverture rectangulaire par laquelle s'échappe la fumée du foyer central, autour duquel les moines sont affalés.

Impossible de savoir si le gnome a remis la relique à sa place, ou s'il l'a emportée avec lui.

Maître K est réveillé.

Son petit sac de cuir toujours pendu à son cou, il est assis en lotus, un bol de thé au beurre de yack à la main.

Il regarde Terre Pure.

— As-tu bien dormi ?

Celui-ci acquiesce d'une voix mourante.

— En tout cas, je me sens beaucoup mieux, grâce aux passes de cet homme-médecine ! ajoute le Grand Traducteur avec un grand sourire.

Terre Pure est soulagé, bien qu'il n'ait pas demandé à Maître K de vérifier le contenu de sa pochette en cuir. Au moins, celui-ci semble guéri. La main du Bouddha aurait-elle fait le nécessaire ?

C'était la pleine lune. Une lune énorme, écrasante de splendeur, presque un soleil à demi éteint, comme c'est souvent le cas dans les confins himalayens, et Terre Pure ne savait toujours pas s'il avait réellement assisté à la scène, ou s'il l'avait rêvée, tellement il était épuisé.

La veille, sur le coup de midi, le Grand Traducteur s'était effondré au beau milieu du raidillon que les moines empruntaient. Maître K souffrait depuis le matin de débâcle intestinale. Le soir précédent, ils avaient bivouaqué au bord d'un torrent en amont duquel des animaux avaient déféqué. Pour porter secours à Maître K, qui avait perdu connaissance et qui ne reprenait toujours pas ses esprits, Terre Pure avait couru chercher de l'aide auprès d'un village, situé au pied d'une gigantesque falaise dans laquelle ses maisonnettes en pisé semblaient se fondre.

Les distances étant difficiles à évaluer, en particulier quand on se trouve en altitude, ce n'est qu'au bout de deux heures qu'il avait atteint cet habitat semi-troglodytique où il avait été accueilli par une vieille Tibétaine édentée. Par chance, la grand-mère baragouinait quelques mots de sanskrit. Cela avait permis à Terre Pure d'amener en renfort deux bergers qui avaient aidé à transporter Maître K sur une civière.

Alors qu'on l'avait allongé devant l'âtre de la pièce principale de l'habitation de la grand-mère, le supérieur du Cheveu s'était mis à délirer, et l'un des bergers avait proposé de faire appel au chaman du coin. L'homme-médecine confectionnait des bougies à base de pierre de soufre pilée et de cire d'abeille. La combustion de ce curieux mélange dégageait cette odeur d'œuf pourri qui avait fait suffoquer Terre Pure.

Le chaman et l'enfant repartis, la vieille dame avait apporté aux moines une grande écuelle remplie de lait de yack, auquel elle avait ajouté des gruaux de blé et du miel... C'était une bouillie délicieuse, que les moines avaient ingurgitée sans coup férir, malgré l'interdit de consommer de la nourriture animale, et que les missionnaires avaient mangée avec voracité, y compris Maître K. Terre Pure en gardait même le goût plus de vingt ans après.

Avant le départ, pour remercier la grand-mère, le Grand Traducteur avait déposé dans le creux de sa main quelques piécettes de bronze. C'était la première fois que Terre Pure voyait Maître K faire l'aumône à quelqu'un.

Soudain, une goutte d'eau tomba sur le crâne de Terre Pure, puis une seconde. Pourtant, il ne pleuvait pas dans la maison de la vieille Tibétaine... À moins que tout cela n'ait été qu'un cauchemar ? À la troisième goutte, le vieux bonze ouvrit les yeux.

Ce n'était pas la première fois qu'il rêvait de cette nuit fatale ! Ce songe lui revenait périodiquement, quand ça n'allait pas. Et à son réveil, il regrettait amèrement de ne pas avoir eu le courage d'empêcher le gnome de s'en prendre au petit sac de Maître K...

L'envoyé du Cheveu à Chang'an se tâta le crâne. Il ruisselait. Des gouttes d'eau s'étaient formées sur les parois de la grotte où il s'était endormi d'épuisement, un violent orage ayant éclaté alors qu'il redescendait du sommet de la montagne Chauve, en compagnie de Lune Rousse et de Nestor, qui avaient préféré regagner Chang'an, de peur d'éveiller des soupçons.

Le vieux bonze était déçu et amer. Pourquoi le Gibbeux lui avait-il posé un lapin ? C'était à se demander si tout cela n'était pas un piège...

Pourtant, Lune Rousse, avant qu'ils se séparent, lui avait glissé que le vieux lettré était un homme de bien et de parole, et qu'elle craignait qu'il lui soit arrivé malheur...

21

Le décret scélérat

En cette matinée de début de printemps, la cour de l'Amithabâ était éclaboussée par le soleil et le moral de Terre Pure était à l'image de la météo.

Ce brusque changement d'humeur faisait suite à plusieurs semaines au cours desquelles le vieux bonze n'avait pas cessé de broyer du noir et de faire le dos rond. En effet, le Gibbeux ne lui avait toujours pas donné de ses nouvelles ; pas plus, au demeurant, que Lune Rousse et Nestor...

Heureusement pour Terre Pure, Maître K lui avait fait parvenir un message qui lui avait mis du baume au cœur, et dont le porteur était un jeune moine appelé Faire l'Aumône. Pour l'heure, celui-ci, tout comme le vieux bonze, était assis en lotus devant le Bouddha du futur en basalte noir. Avec son visage d'ange, ses grands yeux en amande, son nez fin et ses joues légèrement bombées, il aurait pu servir de modèle au sculpteur de l'effigie devant laquelle il se trouvait.

Cela faisait deux jours qu'il avait débarqué chez Terre Pure, pour lui signifier que sa présence à Koutcha était requise, à l'occasion de la consécration de la grande salle de prière du Cheveu par son supérieur. La cérémonie étant prévue pour le début du mois suivant, les deux moines comptaient quitter Chang'an dès le lendemain. L'annonce avait mis un terme aux tourments du vieux bonze : Maître K était forcément en possession du cheveu sacré, car, pour consacrer son lieu de culte, il devrait présenter la relique aux fidèles. Du coup, il regrettait d'avoir soupçonné le Grand Traducteur de dissimulation, même si celui-ci avait apporté de l'eau à son moulin en différant sans cesse la tenue de la cérémonie. Surtout, le vieux missionnaire était désormais certain d'avoir rêvé, et que le gnome ne s'était pas emparé de la relique sainte…

Indifférent aux rires et aux cris des enfants qui jouaient dans le parc, Terre Pure savourait l'instant. Quelle ne fut pas sa surprise de voir subitement apparaître Lune Rousse, hors d'haleine et le visage décomposé.

— Ça, par exemple ! Quel bon vent t'amène ici ? s'écria-t-il en se relevant.

— Un mauvais souffle ! fit la jeune fille, qui peinait à reprendre sa respiration et à retenir ses larmes.

— Qu'est-ce à dire ?

— Mon père a promulgué un décret scélérat : désormais un Han n'a pas le droit d'épouser une personne d'une autre ethnie !

D'une voix qui tremblait de colère, elle précisa qu'un dénommé Élévation des Rites faisait désormais la pluie et le beau temps auprès de Yao Xing, et qu'il était à l'origine de cette mesure. Là-dessus, la jeune fille éclata en sanglots. Puis le fils de l'évêque Nicodème fit à son tour irruption dans la cour, la mine tout aussi défaite que celle de sa dulcinée.

— Ton père a osé..., marmonna Terre Pure, tandis que son pied heurtait par mégarde le plateau rempli de sable, situé au pied de la statue du Bouddha du futur, dans lequel les fidèles venaient planter des bâtonnets d'encens.

Alors que les larmes labouraient la jolie frimousse de sa bien-aimée, Nestor prit le révérend par le bras.

— Cette directive a toutes les chances d'être gravée sur un Ding, un récipient d'une taille si imposante qu'on pourrait vous y cuire en entier, mon révérend !

Lune Rousse morigénait son fiancé du regard. Outre le fait qu'il n'existait guère de bronziers capables de fabriquer des vases rituels, elle trouvait sa plaisanterie de mauvais goût, contrairement au missionnaire bouddhiste, pour qui la perspective d'être plongé dans de l'eau bouillante était somme toute moins déprimante que le fait d'avoir été berné par le Gibbeux. Ce dernier et Élévation des Rites avaient forcément partie liée, le vieux bonze en était sûr. En proie à une sourde colère, il serrait les poings. Le regard tourné vers les cimes des frondaisons du parc, il semblait se parler à lui-même lorsqu'il laissa tomber :

— Quel personnage abject que ce vieux bossu !

Après avoir poussé légèrement du coude son fiancé, Lune Rousse vint se coller au missionnaire.

— Depuis ce rendez-vous manqué, le Gibbeux n'a plus jamais donné signe de vie. Il y a tout lieu de craindre qu'il soit passé de vie à trépas ! À la cour, d'aucuns assurent qu'il a été expédié dans les Nuées rouges… Sans doute ne saura-t-on jamais par qui…

Stupéfait, Terre Pure joignit les mains.

— Et votre père dans tout ça ? Il se dit qu'il sait tout…

La jeune fille grimaça.

— Quand je lui ai demandé ce qu'il était advenu de mon précepteur, il a osé faire l'étonné… Élévation des Rites a avantageusement remplacé mon professeur ! Mon père a la même considération pour ses stratèges que pour un manche de pioche !

Le confident de Maître K commençait à comprendre qu'il s'était montré injuste envers le vieux bossu, quand Lune Rousse vint se planter devant lui et tomba à genoux :

— Révérend Terre Pure, nous sommes venus vous supplier de nous accorder votre aide !

Le missionnaire fixa la jeune fille.

— Mon aide vous est acquise !

Faire l'Aumône avait la compassion chevillée au corps ; il opinait du chef, tout en ramassant les bâtonnets d'encens.

Lune Rousse se releva et prit la main de Nestor.

— Nous souhaitons partir le plus loin possible de cette contrée maudite !

— Sans avoir le Bureau invisible à nos trousses ! renchérit Nestor, avec l'air d'un gamin pris en faute.

À Koutcha, Faire l'Aumône était toujours le premier quand il s'agissait d'aller donner à manger aux petits mendiants qui rôdaient autour du monastère. Face à nos deux tourtereaux qui ressemblaient à des oisillons tombés du nid, il sollicitait Terre Pure du regard. Ce dernier ayant invité d'un geste son jeune collègue à dire ce qu'il avait en tête, il vint se poster devant les amoureux et il leur déclara :

— À Koutcha, personne ne viendra vous chercher des noises ! Cela m'étonnerait que la police du Qin postérieur s'intéresse à une vieille charrette conduite par deux bonzes enguenillés !

Le vieux moine éclata de rire.

— Là-bas, vous pourrez vous marier et avoir une nombreuse progéniture !

22

Le cheveu manquant

D'aussi loin que n'importe quel bonze du Cheveu s'en souvienne, jamais la cour du monastère n'avait été à ce point noire de monde.

Perdu au milieu de cette foule immense où il s'était glissé incognito, en compagnie de Faire l'Aumône, de Lune Rousse et de Nestor, Terre Pure avait les yeux qui clignotaient d'épuisement. Il était tout retourné par le spectacle de ces fidèles venus là, dans l'espoir d'apercevoir le saint cheveu, et qui psalmodiaient des mantras tout en dodelinant de la tête, un bâtonnet d'encens entre leurs mains jointes.

Quant aux deux tourtereaux, ils étaient ébahis par la façon dont le monastère resplendissait comme une gemme. Pour arriver à un tel résultat, les novices du Cheveu s'étaient donné un mal fou. Ils avaient passé des heures à lustrer les sols et les instruments cultuels en cuivre, à gainer les pilastres de la cour avec du tissu rouge, à suspendre aux balcons des peintures votives et à tendre des drapeaux de prière entre les étages de la pagode de l'Oie sauvage et les quatre angles de la cour.

Terre Pure se sentait plutôt ragaillardi, malgré un périple particulièrement éprouvant – même si, comme Faire l'Aumône l'avait escompté, ils avaient franchi sans encombre la frontière du Qin postérieur. La décrépitude de leur charroi n'avait en effet pas éveillé les soupçons du douanier de permanence : il n'avait même pas cherché à savoir ce qui se cachait sous la bâche rapiécée de ces moines qui voyageaient en psalmodiant des cantiques...

Mais après une traversée sans nuages des grandes plaines de lœss du nord de la Chine, la suite n'avait pas été du même acabit. Arrivés à l'orée du désert de Gobi, ils avaient dû abandonner leurs deux vieilles mules, car elles refusaient obstinément d'avancer... Heureusement pour la petite équipe, l'incident s'était produit dans les environs des grottes de Mogao[1], qui avaient déjà été investies par une poignée de bonzes.

Leur supérieur avait accepté de fournir deux paires de chameaux à Terre Pure moyennant l'abandon du contenu de leur charrette. Cela n'est pas chose aisée que de tenir longtemps sur un chameau quand on n'y est pas habitué. Qui plus est, ces « vaisseaux du désert » n'étaient pas de la première jeunesse. Aussi nos quatre voyageurs avaient-ils dû faire le reste du trajet à pied.

1. À proximité de la ville de Dunhuang.

Comme il n'était pas question de prendre du retard, ils avaient marché sans relâche et dormi à la belle étoile, malgré le froid nocturne du désert. La seule fois où un fort vent de sable les avait contraints à passer la nuit dans un caravansérail, Nestor avait dû jouer des poings à l'encontre d'un marchand d'esclaves perse qui, persuadé que le vieux bonze était un collègue, avait prétendu lui acheter Lune Rousse ! Ce malheureux incident s'était déroulé la semaine précédente et on imagine leur soulagement quand ils avaient constaté que la cérémonie du Cheveu n'avait pas encore commencé, au moment où ils atteignaient le monastère, fourbus, les pieds en sang et les jambes en compote.

Au bout de quelques instants, Terre Pure, qui s'était adossé contre un mur, remarqua que quelque chose clochait au sein de l'assistance, où de nombreux dévots trépignaient d'impatience. Certains disaient haut et fort qu'ils n'accepteraient pas d'être une fois de plus venus pour rien. Le révérend avisa un de ces mécontents qu'il connaissait de longue date et qui se dandinait d'avant en arrière par saccades. Il s'approcha de lui et demanda ce qui n'allait pas :

— C'est la troisième fois que Maître K nous fait venir ! J'espère que cette fois-ci sera la bonne ! marmonna l'intéressé, excédé.

Terre Pure allait poursuivre la conversation lorsqu'une bourrade dans le dos le fit se retourner.

C'était Troisième Noble Vérité, un collier de fleurs de jasmin autour de son cou et la mine réjouie de la personne se doutant des effets sur son interlocuteur de l'annonce désagréable qu'elle s'apprête à lui faire.

— Il ne faut pas s'étonner que tous ces gens commencent à trouver le temps long. Certains sont là depuis hier à faire le pied de grue !

Le vieux complice de Maître K eut une moue contrariée.

— Pourquoi notre supérieur les fait-il attendre ?

Levant les yeux au ciel, Troisième Noble Vérité joignit les mains. Puis, après avoir collé sa bouche contre l'oreille de Terre Pure, il murmura, sur un ton faussement apitoyé :

— Tu devrais plutôt lui demander pourquoi il reste barricadé dans sa fichue cellule !

Il n'en fallut pas plus à Terre Pure pour écarter Troisième Vérité d'un coup d'épaule, puis fendre la foule jusqu'à l'entrée de la coursive qui menait à l'antre du supérieur. Arrivé en trombe devant la porte, il tomba sur Mâlâ aux Cent Huit Grains, qui venait d'être informé de l'arrivée des quatre voyageurs.

L'assistant de Maître K avait la mine défaite. S'effaçant devant le vieux bonze, il lâcha, la mâchoire serrée :

— Mon révérend, cela fait des jours que le Grand Traducteur vous réclame…

Quand le supérieur se précipita à la rencontre de Terre Pure, celui-ci ne mit pas longtemps à comprendre que son vieux complice n'était pas dans un état normal. Outre des joues un peu plus creusées et des côtes encore plus visibles, il émanait de sa personne un accablement que Terre Pure ne lui connaissait pas – pas plus que cette lueur de panique qu'on pouvait lire dans le regard de celui qui était capable de sonder les reins et le cœur de n'importe quel être humain d'un simple coup d'œil !

Après avoir fait signe à Mâlâ de sortir de la pièce, Maître K posa ses mains sur les épaules de son vieux complice. Et sans même lui demander comment s'était passé son voyage, il murmura :

— J'ai quelque chose de terrible à t'avouer.

Puis il entraîna Terre Pure vers son lit et extirpa de la boîte de santal son petit sac en cuir. Une fois celui-ci retourné comme un gant, à la façon du chapeau d'un prestidigitateur voulant prouver à son public que le lapin n'y est plus, il s'écria d'une voix étranglée :

— Je ne suis qu'un imposteur ! Le saint cheveu a disparu ! La main du Bouddha me laisse croupir dans mes excréments !

Tombé à genoux devant Terre Pure, lequel ouvrait des yeux ronds, Maître K se mit à raconter : comment, croyant bien faire, il avait préféré ne pas informer la communauté de la disparition du petit étui en argent, dont il s'était aperçu quelques jours après leur arrivée à Koutcha. « Ce n'est pas faute d'avoir fouillé ma cellule de fond en comble et d'implorer la main du Bouddha », ajouta-t-il, l'air de plus en plus sombre, avant d'expliquer à son confident comment, en désespoir de cause, il avait fini par se confier à Nuage Rouge, qui lui avait proposé d'aller chercher un autre saint cheveu à Nalanda. « Mais le Bienheureux a définitivement tourné le pouce vers le bas à mon encontre, la preuve étant que ce cher Nuage Rouge n'est jamais réapparu », conclut-il, entre deux sanglots, tandis que Terre Pure, lui-même ému aux larmes, revoyait ce jeune missionnaire malin comme un singe, mû par un dévouement à toute épreuve, et dont le visage rayonnait de bonté...

Sa confession achevée, le supérieur se dirigea vers son lit tel un somnambule, puis il s'y recroquevilla en chien de fusil et tourna sa tête vers le mur. Son vieil ami posa alors une main sur son épaule, comme si Maître K était un enfant qu'il voulait consoler.

— À ta place, je n'en ferais pas un tel drame. Confidence pour confidence, je m'en doutais un peu... Je crois même savoir qui t'a dérobé la sainte relique. C'était le soir où tu étais au plus mal, brûlant de fièvre. Je me souviens de cet enfant qui suivait le chaman. Tu dormais, contrairement à moi. Je n'ai pas eu le courage de me lever pour empêcher ce petit garnement d'agir, tellement j'étais paralysé par la peur. Je suis bien plus coupable que toi !

Se rasseyant sur son lit, le supérieur étreignit Terre Pure, et ils pleurèrent abondamment dans les bras l'un de l'autre. Mais Maître K était assurément le plus affecté des deux. Terre Pure, qui ne l'avait jamais vu dans un tel état, l'avait compris.

Alerté par le silence entrecoupé des pleurs des deux missionnaires, Mâlâ avait passé la tête dans l'entrebâillement de la porte. Quelle ne fut pas sa surprise d'entendre Terre Pure déclarer au patron du Cheveu :

— Tu as tort de faire un fromage d'une telle peccadille. Ne t'ai-je pas entendu déclarer que la pensée du Bienheureux était autrement plus importante que les traces matérielles de son existence terrestre ?

Maître K jeta rageusement sa petite boîte en santal sur le plancher.

— Les sermons du Bienheureux, parlons-en ! s'écria-t-il.

Et la suite allait s'avérer du même acabit, le Grand Traducteur ayant décidé, une fois n'est pas coutume, de livrer le fond de sa pensée à son vieil ami...

... et en présence de Mâlâ, qui tombait des nues.

À entendre Maître K, celui-ci s'était trompé sur toute la ligne en s'échinant à traduire les sermons du Bouddha dans des langues tout aussi improbables les unes que les autres, et ce dans l'espoir que la parole du Bienheureux se répandît à travers le monde. Une telle attente était vaine, vu le peu d'intérêt que montrait l'immense majorité des peuples pour les Nobles Vérités. Loin d'en concevoir de l'amertume, le supérieur du Cheveu en avait conclu que c'était trop exiger de la part de gens qui ne mangeaient pas tous les jours à leur faim. En revanche, il y avait de la colère dans sa voix quand il se plaignit, en martelant le mur de ses poings, du manque de considération à son égard de la part de la maison mère du Cheveu : en effet, Buddhabâdrâ ne lui avait jamais adressé le moindre signe.

— Et si la main du Bouddha n'était qu'un leurre ! lâcha-t-il d'une voix sombre.

Après un long soupir, il se leva et murmura :

— Il ne me reste plus qu'à aller expier ma faute devant notre communauté et tous ces fidèles qui ne savent toujours pas qu'ils sont venus pour rien !

Alors qu'il se dirigeait vers la porte, Terre Pure le retint vivement par le bras.

— Tu risques de te faire lyncher ! Si tu voyais certains d'entre eux...

— Je les entends d'ici... Mais je l'aurai bien mérité !

Ayant fait un pas de plus, Maître K se heurta à Mâlâ qui lui barrait la route, posté, bras et jambes écartés, dans l'encadrement de la porte.

Cette image de l'assistant n'hésitant pas à braver son patron pour mieux le protéger rappelait à Terre Pure la nature des rapports qu'entretenaient Nuage Rouge et Maître K et le dévouement du premier pour son aîné. Elle fit également germer une idée dans son esprit... Avec un clin d'œil appuyé au jeune moine, il s'écria :

— Et si nous chargions Mâlâ aux Cent Huit Grains d'aller chercher un saint cheveu, comme tu le fis avec Nuage Rouge ?

Mâlâ avait toujours considéré son prédécesseur auprès de Maître K comme un modèle pour le moins inaccessible, étant donné la façon dont celui-ci vantait ses qualités et déplorait sa disparition. Comble du bonheur pour l'assistant actuel du Grand Traducteur, il n'avait pas décelé la moindre réticence dans les yeux du supérieur du Cheveu pendant que Terre Pure prononçait ces mots ! Alors que Maître K regardait Terre Pure comme un catéchumène qui aurait reçu l'onction divine, le jeune moine bredouilla qu'une telle marque de confiance l'honorait et qu'il était prêt à faire tout ce qu'on lui demanderait.

Terre Pure le poussa doucement dans le couloir.

— Je n'en attendais pas moins de la part de Mâlâ aux Cent Huit Grains !

Puis, se tournant vers Maître K, il déclara :

— Nous ne doutons pas que ce jeune moine saura trouver les mots pour annoncer aux fidèles que la cérémonie du Cheveu se tiendra à la fin de la huitième lune !

On était au milieu de la quatrième lune et la durée d'un aller-retour entre Koutcha et Nalanda était d'environ quatre mois, à condition de ne pas traîner en chemin. Notre jeune héros disposait donc d'un peu plus de dix-sept semaines pour tirer Maître K du pétrin… et lui prouver que la main du Bouddha existait bel et bien.

Le compte à rebours venait de commencer. Le cœur de l'assistant de Maître K battait à tout rompre. S'il s'était écouté, il aurait sauté au cou de Terre Pure et l'aurait même entraîné dans une sarabande endiablée. Au lieu de cela, il se mit à courir dans le couloir.

23

L'armée des quatre mille

Si Persil avait su que ce qu'elle avait planifié avait de grandes chances de se produire, elle se serait frotté les mains au lieu de s'en servir pour exercer une pression inutile sur la rambarde de pierre.

Elle fulminait. Creux du Vide n'avait même pas daigné la complimenter pour ces Crânes aux cous rejoints qui lui valaient un dos en compote et des cuisses flageolantes !

S'étant retournée, elle se mit à tousser et à se racler la gorge, espérant ainsi attirer l'attention du chef taoïste. Mais ce dernier n'avait pas changé de position. Allongé sur le lit, il scrutait le plafond de la chambre, comme si de l'or ou du jade allait en tomber !

La jeune femme pivota rageusement, tout en cambrant le dos et en écartant légèrement les jambes, dans une ultime tentative de séduction... Le dernier appât du pêcheur… mais un poisson gavé ne mord pas à l'hameçon !

Outre cette impression qu'elle comptait désormais pour du beurre, ou plutôt qu'elle était du caviar et Creux du Vide un cochon, Persil reprochait au taoïste de ne pas vouloir lui faire d'enfant. Le chef des Turbans jaunes maniant à la perfection l'art de se retenir, il s'arrangeait pour ne jamais déverser la Sublime Liqueur dans le Vase d'or, ce qui ne l'empêchait pas de rugir comme un tigre lorsque le yin et le yang fusionnaient. Après quoi, il s'endormait comme une bête repue.

La jeune femme ne supportait plus d'être limitée à son rôle de pourvoyeuse de plaisir, d'autant que Creux du Vide semblait de moins en moins sensible à ses charmes… À vrai dire, son partenaire n'était plus tout à fait le même homme, et elle peinait à en comprendre la cause.

Sans doute aurait-elle été moins affectée, si elle avait su à quel point Creux du Vide avait radicalement changé de point de vue, depuis qu'il avait réglé son compte au Gibbeux – acte qu'il n'aurait pour rien au monde révélé à quiconque.

De même que l'ours retrouve ses instincts de prédateur au sortir de l'hibernation, ou que le fauve est attiré par l'odeur du sang, de même ce meurtre avait ravivé son désir de vengeance. Le vieux stratège éliminé, restait à faire de même avec Élévation des Rites, et surtout leur maître.

Or, faire passer Yao Xing de vie à trépas supposait d'instaurer la Grande Paix au Qin postérieur.

Ce programme, en bon taiseux, le chef taoïste était le seul à le connaître.

Et comme il croyait dur comme fer dans les nombres, et que le chiffre « 4 » est synonyme de malheur aux yeux des Han, il projetait de lever une armée de quatre mille hommes. Or, sachant que les Turbans jaunes étaient moins de trois mille, il devrait battre le rappel des paysans pauvres qui n'avaient pas encore été enrôlés...

Quels mots fallait-il employer pour transformer en révolutionnaires de pauvres hères dont la seule préoccupation était de savoir comment ils allaient nourrir leurs familles ? Comment galvaniser des hommes qui ne mangeaient pas tous les jours à leur faim ? Et au moyen de quelles incitations matérielles ? Car, comme le disait l'adage, « chien affamé n'a pas la force de chasser »... Les armureries des Turbans jaunes étaient aux trois quarts vides : quelles armes faudrait-il leur fournir ? Où trouverait-il l'alcool de sorgho qu'il fallait faire boire aux combattants pour qu'ils partent à la boucherie en chantant ?

C'était à tout cela que Creux du Vide réfléchissait, perdu dans ses conjectures et le regard fixé au plafond, pendant que Persil continuait à se morfondre, au point de se demander si elle ne commettait pas l'erreur de sa vie en demeurant enchaînée à un tel personnage.

24

La Table des vautours

Vue d'en bas, la Table des vautours semblait si inaccessible qu'on aurait cru que les disciples du Bienheureux y avaient édifié leur sanctuaire dans le seul dessein d'éprouver l'abnégation des fidèles qui s'y rendraient…

En d'autres circonstances, la supposition n'eût pas été pour déplaire à Mâlâ aux Cent Huit Grains, tandis qu'il grimpait au milieu des odeurs de myrte, d'origan, de thym et de sarriette qui embaumaient l'atmosphère. Mais au lieu de cela, notre jeune moine n'était plus sûr de rien.

Pourquoi, dans les rues de Nalanda, tous les passants à qui il avait demandé la direction du Chignon avaient-ils passé leur chemin, à l'exception de ce jeune homme habillé en civil, mais dont le crâne rasé témoignait de la condition monastique ? Il était le seul à lui avoir désigné, d'un air totalement paniqué, cette imposante falaise blanchâtre qui leur barrait l'horizon, avant de prendre ses jambes à son cou.

Pour se rassurer, l'assistant de Maître K avait jeté un regard oblique à Lune Rousse et à Nestor, qui marchaient sur la même ligne que lui en se tenant la main. Mais à l'instar de ceux qui filent le parfait amour, aucun des deux n'avait l'air particulièrement inquiet. Ils en avaient d'ailleurs profité pour se bécoter, tandis que le jeune moine, qui s'était arrêté le premier, s'épongeait le front avec un pan de sa toge.

Il leva les yeux vers le sommet de la falaise écrasante. Qu'allaient-ils trouver là-haut ? Et quel accueil maître Buddhabâdrâ lui ferait-il ?

Ces questions le taraudaient d'autant plus que jusque-là, tout avait roulé pour le mieux. À commencer par sa harangue aux fidèles, dont il avait bravé puis su calmer la colère. Il leur avait expliqué que Maître K était souffrant, et qu'il se voyait obligé de reporter la cérémonie du Cheveu. Lorsque Terre Pure avait suggéré que Lune Rousse et Nestor se joignent à lui, aucun d'eux n'avait boudé son plaisir.

S'agissant de leur périple, dont l'assistant de Maître K s'était fait tout un monde, il s'était déroulé sans la moindre anicroche. Pour preuve, ils avaient atteint Nalanda en à peine six semaines et de plus en plus enthousiastes.

Le jeune moine venait de boire à sa gourde une gorgée d'eau, quand il aperçut une silhouette tremblotante qui se dirigeait vers lui. Il s'agissait d'une vieille femme. Vêtue d'un sari décoloré, elle tirait derrière elle une carriole dont les roues grinçaient.

Dès que Mâlâ se retrouva face à elle, il remarqua que ses vêtements étaient déchirés et qu'elle avait la joue gauche balafrée. Le jeune garçon maîtrisait suffisamment le sanskrit pour comprendre ce que la vieille, tout en roulant des yeux paniqués, lui raconta : elle vendait des bâtonnets d'encens aux fidèles qui se rendaient au Chignon ; le monastère ayant été la proie des flammes, elle n'avait plus aucun client, raison pour laquelle elle repartait vers son village.

— Peux-tu me dire quand le Chignon a été incendié et par qui ? demanda Mâlâ en lui barrant la route.

La vieille fit les cornes avec la main droite.

— C'était il y a trois jours… Les adorateurs de Civa le destructeur ! Ils ont tout brûlé…, répondit-elle en crachant par terre.

Pour Mâlâ, c'était comme si le ciel lui tombait sur la tête. Il avait entendu parler des dieux de l'Inde, dont Maître K prétendait qu'ils étaient si nombreux que, s'ils avaient été les petits d'une chatte, celle-ci aurait eu le plus grand mal à les reconnaître – hormis Ganesh, ce dieu à la tête d'éléphant et doté de quatre bras, dont le Grand Traducteur raillait gentiment l'apparence. En revanche, Mâlâ ne pouvait pas savoir que les hindouistes s'en prendraient aux bouddhistes, auxquels ils reprochaient non seulement de marcher sur leurs plates-bandes, mais de prôner – ô sacrilège ! – une religion sans dieux, tout en adhérant au principe de réincarnation et au karma…

C'est ainsi qu'à Nalanda une sourde rivalité opposait maître Buddhabâdrâ au grand prêtre du temple de Civa. Le monastère du Chignon étant bien plus riche, en raison de l'affluence des fidèles, les adeptes du dieu de la destruction avaient décidé de lancer leur expédition punitive.

Pressée de questions par l'assistant de Maître K, la vieillarde raconta comment, ce jour-là, une horde d'hindouistes armés jusqu'aux dents et dopés à l'alcool de sorgho s'en étaient pris au plus important sanctuaire bouddhique de l'Inde du Nord. À la tête de ces fous furieux aux joues transpercées par des lances miniatures en argent se trouvait le chef de la police religieuse de Nalanda, avec lequel le grand prêtre avait partie liée. Celui qu'on surnommait le « Lieutenant noir » avait un faible pour le maniement de la machette, d'où l'estafilade barrant la joue droite de la vieille qui avait eu le malheur de se trouver sur son passage.

Son récit achevé, désignant d'une main déformée le haut de la falaise, puis le cercle constitué de minuscules accents circonflexes qu'on apercevait dans l'azur, elle déclara :

— Satanés vautours, ils ont le ventre plein, contrairement à moi ! Tu serais venu hier, les ruines du Chignon continuaient à fumer !

Bien qu'il fût interdit à un bonze de toucher une femme, le jeune moine s'agrippa à la manche de son interlocutrice.

— Sais-tu ce qu'il est advenu de maître Buddhabâdrâ ?

La grand-mère fit le geste de se couper la tête avec le tranchant de la main :

— Expédié au nirvana, tel un vulgaire poulet ! Toujours ce maudit Lieutenant noir !

Mâlâ vacilla.

— D'où tiens-tu tout cela ?

— De la bouche d'un moinillon rescapé de la tuerie.... Quand je l'ai vu passer, il détalait comme un lapin qu'un tigre aurait poursuivi...

Le temps pour la vieille de cracher une nouvelle fois dans la poussière, puis de s'éloigner clopin-clopant, et pour Mâlâ de se dire que le moinillon en question devait être celui qui lui avait indiqué le chemin, nos deux tourtereaux avaient deviné qu'il s'était passé quelque chose de grave en haut de la falaise.

Aussi ne furent-ils qu'à moitié surpris quand l'assistant de Maître K leur expliqua de quoi il retournait. La fille de Yao Xing eut même l'impression de reconnaître l'odeur aigrelette qui montait du jardin de son père, les jours où s'y déroulaient les exécutions capitales.

Bien que glaçant, le récit de la grand-mère avait d'autant moins découragé Mâlâ de poursuivre l'ascension qu'il était persuadé que le saint chignon avait échappé aux flammes – les traces de l'existence terrestre du Bienheureux étant réputées inaltérables. Et puis il n'était pas question pour lui de renoncer si près du but. En revanche, il comprendrait fort bien, précisa-t-il, que les deux tourtereaux jugent préférable de l'attendre au pied de la falaise.

— Nous n'avons pas accompli tout ce périple avec toi pour te laisser monter tout seul ! lui rétorqua Lune Rousse.

— Je resterai avec toi, quoi qu'il arrive..., renchérit Nestor, en tenant sa dulcinée par la nuque.

L'accès au monastère du Chignon se faisait au terme d'une ascension harassante et d'une durée minimale de trois heures. À mi-parcours, le chemin devenait un véritable escalier dont les marches étaient taillées à même la roche.

Une fois en haut, après avoir gravi ces marches au pas de course tout en psalmodiant le mantra de la Grande Compassion, suivi de ses deux comparses, Mâlâ ne put retenir ses larmes face au sinistre tableau en noir et blanc qui s'offrait à lui.

Le sanctuaire n'était plus qu'un amas de poutres calcinées ; le sol était parsemé d'ossements d'une blancheur immaculée, car les cadavres des moines avaient déjà été récurés par les rapaces. Quant à la grande statue du Bouddha en bois doré qui trônait au fond de la grande salle de prière, les flammes l'avaient réduite à un vulgaire tas de cendres qu'un vent brûlant faisait voleter dans les airs.

Le jeune moine faisant fi de ce spectacle de désolation, il gardait espoir de retrouver le saint chignon. Après avoir inspecté méticuleusement les débris qui jonchaient la Table des vautours et être arrivé à l'extrémité de celle-ci, sous le regard mi-incrédule mi-consterné de nos deux tourtereaux, il dut se rendre à l'évidence : sa mission s'arrêtait là.

À présent qu'il se trouvait à quelques centimètres du précipice et qu'il était certain de rentrer bredouille, les questions s'entrechoquaient sous son crâne. Pourquoi donc le Sauveur de l'humanité n'avait-il pas fait en sorte de stopper l'expédition punitive que les hindouistes menaient contre ses adeptes ? Comment se faisait-il que le Bienheureux laissât les adorateurs des dieux aux visages d'animaux exterminer des moines qui veillaient à ne pas tuer le moindre insecte ? Et surtout, pour quelle raison la main du Bouddha n'était-elle pas intervenue pour empêcher que le saint chignon fût la proie des flammes ?

Mâlâ aux Cent Huit Grains recula d'un pas, non pas de peur d'être happé par le vide, mais en raison du vertige existentiel qui venait de le saisir. Et si la vie du Bouddha n'avait été qu'une fable dont le héros n'avait jamais existé ? Et si le prince Siddhartha n'avait été qu'une personne dont les dévots, à commencer par le Grand Traducteur lui-même, avaient, pour les besoins de la cause, tant soit peu magnifié les paroles et les actes ?

En somme, le Bouddha, Maître Kong, mais également Yahvé et le Christ, son fils, n'étaient-ils pas le produit de l'imagination des hommes ? Le jeune moine leva son regard vers le ciel. Comme il aurait aimé être l'un de ces rapaces en train d'y planer en majesté et s'envoler à tire-d'aile pour mettre une distance infinie entre lui et ces lieux maudits ! Ne suffisait-il pas, pour cela, de se réincarner dans un aigle ou dans un faucon... ce qui supposait de déclencher un nouveau cycle de morts et de renaissances ?

À l'aplomb du poudroiement dans lequel se perdait Nalanda, l'idée de sauter dans le vide s'imposa à Mâlâ. Il s'apprêtait à franchir le pas, en suppliant la main du Bouddha d'exaucer son vœu, lorsqu'il fut brusquement tiré vers l'arrière, puis plaqué au sol... par Nestor.

Ce dernier avait deviné que l'assistant de Maître K s'apprêtait à commettre l'irréparable et il s'était précipité pour l'en empêcher. À présent, il posait un genou sur le dos du jeune missionnaire pour l'immobiliser. Mâlâ, qui se tortillait comme un ver de terre, frappa le sol du plat de sa main droite, tel un lutteur au tapis demandant grâce à l'adversaire.

Le fils de l'évêque Nicodème et de Meryem le libéra.

— J'étouffais ! souffla l'assistant de Maître K.

Notre héros se releva péniblement tout en époussetant sa toge.

— Tant que je serai de ce monde, Mâlâ aux Cent Huit Grains, tu resteras parmi nous ! lui lança Nestor. Pas question que tu te réincarnes dans une souris... ou dans un chat !

Quand, au milieu des ruines fumantes, Nestor lui tendit la main, l'assistant de Maître K eut l'impression qu'il allait serrer celle du Bouddha en personne.

25

Le barreau scié

Caché derrière l'un des pilastres de la cour du Cheveu, Troisième Noble Vérité scrutait avec appréhension la progression de Maître K sur les échelles qui montaient jusqu'au sommet de sa chère tour-pagode. Le chef des novices du Cheveu transpirait de la tête aux pieds et le sang lui battait aux tempes.

Et dire que, jusqu'à présent, tout allait comme sur des roulettes !

Un violent orage avait éclaté la nuit précédente, la preuve étant ces immenses flaques d'eau dans lesquelles la bâtisse se reflétait sur fond de ciel. Voilà longtemps que le tonnerre n'avait pas grondé et que les nuages ne s'étaient pas fendus, avant de déverser sur la Terre leurs myriades de litres d'eau.

Si Troisième Noble Vérité voulait à tout prix provoquer la chute prétendument accidentelle de Maître K, c'est qu'il était convaincu qu'il ne réussirait pas à le faire tomber de son piédestal, car cela supposait d'ouvrir la petite boîte de santal.... or, depuis le départ de Mâlâ, Maître K ne sortait que très rarement de sa cellule.

La seule solution, pour prendre sa place, était qu'il tombe de ses échelles.

Pour faire en sorte que Maître K joue les acrobates, Troisième Vérité n'avait même pas eu besoin de lui servir la fable qu'il lui avait préparée, selon laquelle des termites s'attaquaient aux boiseries de l'Oie sauvage. À peine l'orage s'était-il éloigné, que le supérieur avait surgi de son antre, à la surprise de tous, et avant que plusieurs bonzes accourent, pour assister au spectacle.

Tous étaient impressionnés par l'agilité digne d'un jeune homme avec laquelle leur supérieur avait atteint le cinquième étage de la tour-pagode, et ce sans le moindre effort apparent, comme si ses rhumatismes avaient totalement disparu.

Tandis que les novices présents se poussaient du coude, les plus enhardis s'ébaudissant à haute voix, le moine nabot était bien le seul à supplier le Bienheureux de faire en sorte que Maître K se rompe le cou.

Il eut un petit gloussement de satisfaction : plus qu'une poignée de secondes et le premier barreau de l'échelle suivante, situé à une bonne vingtaine de mètres du sol, céderait sous le poids du supérieur du Cheveu. Autrement dit, la mort assurée pour l'intéressé.

L'avant-veille, alors qu'il faisait nuit, Troisième Noble Vérité était monté scier l'un des barreaux situés entre le quatrième et le cinquième étage de l'édifice.

Une fois redescendu, il n'était pas peu fier de son exploit : il ne s'était jamais aventuré sur ces maudites échelles...

Mais à présent, ce contentement de soi laissait place à une angoisse irrépressible, dans la mesure où le supérieur du Cheveu ne bougeait plus d'un millimètre, à croire qu'il avait deviné l'existence de ce barreau fatidique ! L'anxiété de l'assassin en puissance de Maître K était à son comble. Il haletait comme un chien assoiffé et son visage ruisselait de sueur. Et si le Grand Traducteur s'était douté de quelque chose ?

Ce n'était pas la première fois que le responsable du noviciat du Cheveu se demandait si celui qu'il rêvait de remplacer n'était pas doté d'un sixième sens... Au point d'en conclure que cette fameuse main du Bouddha, dont le supérieur parlait de temps à autre, arrivait toujours à point nommé pour le tirer d'affaire !

Le bonze maléfique était tellement paniqué qu'il aurait bien aimé être un ver de terre et disparaître dans le sol de la cour du Cheveu. Et dire qu'il était persuadé d'avoir mis toutes les chances de son côté : Mâlâ aux Cent Huit Grains était parti pour Nalanda et Terre Pure avait regagné Chang'an !

Troisième Vérité aurait eu encore plus peur, s'il avait su que le supérieur du Cheveu l'avait discrètement pisté, la nuit où il avait entrepris de scier le barreau fatal. De fait, le Grand Traducteur n'ignorait rien des manœuvres de celui qui lorgnait sa place.

Maître K savait donc parfaitement à quoi s'attendre ! Mais, à l'instar de l'élève irréprochable ayant triché aux examens et que la culpabilité conduit au désespoir le plus extrême, le fondateur du Cheveu avait décidé de saisir cette occasion d'en finir une fois pour toutes avec sa propre existence terrestre et le mensonge dans lequel il s'était enfermé.

D'ailleurs, s'il avait fait en sorte que Terre Pure retourne à Chang'an, c'était pour mieux laisser le champ libre à son chef des novices et à son ambition démesurée.

Aussi se sentait-il étrangement léger et rempli d'une allégresse réconfortante au moment où, ayant posé son pied gauche sur le barreau scié, il se hissa dessus en tirant de toutes ses forces sur ses bras, de façon à y exercer la pression la plus intense possible.

Le fondateur du Cheveu dégringola sans un cri, alors que les moines présents se mettaient à hurler – il est vrai que la plupart d'entre eux s'imaginaient que leur supérieur était immortel.

Le corps du Grand Traducteur s'écrasa sur les dalles de la cour, et Troisième Noble Vérité ne put réprimer un petit gloussement de satisfaction. Le miracle qu'il appelait depuis si longtemps de ses vœux s'était enfin produit. Le supérieur du Cheveu monté au nirvana, la voie était libre !

Le maître du noviciat en aurait mis sa main au feu : en se détournant du supérieur, celle du Bouddha venait de lui filer un sacré coup de pouce !

26

La divine surprise

Ce matin-là, Nestor ouvrait la marche. Sur son petit nuage, il avait le pas léger et il était indifférent aux pierres acérées du chemin qui rentraient dans ses semelles. D'ailleurs, c'est à peine s'il sentait le poids de son sac à dos. Même le grondement de la cascade au pied de laquelle il venait de passer, devant Lune Rousse et Mâlâ aux Cent Huit Grains, lui avait semblé doux aux oreilles. À croire que toute cette eau, avec son fracas terrible, lui prodiguait des encouragements, et pourquoi pas des félicitations pour sa conduite !

Tout semblait propice au fils de Meryem et Nicodème : ce qu'il voyait – les sommets himalayens dont on aurait dit qu'ils jouaient à cache-cache avec les nuées sombres de l'orage à venir – comme ce qu'il entendait – les cris des marmottes et les coups de tonnerre venus des lointains… Et si tel était le cas, c'est que, la nuit précédente, sa main s'était aventurée sous la robe de Lune Rousse sans que sa fiancée y trouve quoi que ce soit à redire… D'ailleurs, elle n'avait même pas ouvert une paupière…

Il faut dire que depuis que le garçon avait sauvé la vie de Mâlâ, il avait l'impression que sa dulcinée le considérait d'un autre œil. Pour autant, il ne s'était toujours pas senti autorisé à lutiner son amoureuse. Comme tout bon puceau, Nestor ignorait tout de la bagatelle. Ce qui ne l'empêchait pas d'être sûr d'une chose : cela soulagerait bigrement son sexe, qui se mettait à fourmiller et à gonfler dès que sa main effleurait celle de sa fiancée…

La peau de l'entrejambe de Lune Rousse était encore plus douce qu'un pétale de rose… Autour, c'était l'équivalent du jardin d'Éden, ce lieu paradisiaque où Adam et Ève avaient commis le péché originel alors qu'ils y coulaient des jours idylliques. Le fils de Nicodème et Meryem avait entendu cette histoire de la bouche de ses parents, avant même d'apprendre à marcher.

Lune Rousse n'avait pas bougé d'un millimètre quand la paume de Nestor s'était posée sur le mont de Vénus. D'où la grande question que l'auteur de ce geste continuait à se poser : Lune dormait-elle pour de bon, ou bien feignait-elle d'être dans les bras de Morphée, ce qui aurait valu un acquiescement de sa part ?

Comme le fils de Nicodème aurait payé cher pour que la seconde hypothèse soit la bonne, il se retourna vers sa dulcinée, qui se trouvait juste derrière lui ; mais le sourire énigmatique de Lune Rousse le laissa sur sa faim. Il se tordait les méninges pour imaginer quelle serait sa réaction lorsqu'il s'aventurerait de nouveau vers son jardin d'Éden, quand soudain, le souvenir de cette nuit de rêve s'éclipsa.

Revenu à lui, ses yeux captaient une scène qu'éclairait un rayon de soleil et qui se déroulait au niveau du lacet suivant. Trois individus semblaient cuisiner un plat sur une table rocheuse... ou plutôt, si l'on examinait la chose plus attentivement, l'un d'entre eux avait l'air de manipuler des ustensiles, tandis que les deux autres faisaient mine de l'en empêcher.

Quelques minutes auparavant, Beug, qui se trouvait devant son rocher favori, avait eu la désagréable surprise de voir se pointer les frères Dalit. Pour le jeune sot, cela tombait d'autant plus mal qu'il manipulait une pépite d'or de la taille d'un œil de perdrix, qu'il venait de ramasser dans le lit d'un torrent...

Dans son délire, l'infirme avait traité les importuns de singes néfastes, en tambourinant leurs poitrines et en les chassant à coups de pied, avant de les écrabouiller avec ses bottes en laine de yack, comme il le faisait avec les scorpions où les mille-pattes. Mais tout cela n'étant que dans sa tête, il n'avait pu empêcher Gul Dalit, le plus vicieux des deux jumeaux, de lui ravir son joyau inestimable.

Tandis que Beug faisait de grands moulinets avec ses bras en poussant des hurlements désespérés, Nestor, qui s'était débarrassé de son sac, montait en courant vers le lieu du drame. Mais le temps d'y arriver, tout essoufflé, les voleurs s'étaient volatilisés, abandonnant ce malheureux Beug à son chagrin.

Le fils de l'évêque n'allait pas tarder à comprendre qu'il avait affaire à un malheureux handicapé, l'intéressé s'avérant incapable de répondre à son salut autrement qu'en affichant une moue baveuse et des yeux de chaton effrayé. Au bout de quelques instants, Beug se mit à rugir, tout en désignant les silhouettes des deux voleurs dévalant la montagne pour rejoindre directement le chemin, en contrebas de l'endroit où Lune et Nestor avaient échangé un regard.

Pris de pitié pour l'infirme cérébral, Nestor se lança à leur poursuite. Mais quand on n'a pas l'habitude de descendre à toute vitesse une pente abrupte, on risque à tout moment de se rompre le cou, ou à tout le moins de se tordre une cheville.

Lorsque Nestor se retrouva de nouveau sur le chemin, les deux Dalit avaient déjà atteint la fameuse cascade qui l'avait enchanté. À l'aplomb de cette paroi d'eau, à partir de laquelle un rayon de soleil faisait naître un arc-en-ciel, les pierres du chemin étaient recouvertes d'une mousse qui les rendait aussi glissantes qu'un toboggan arrosé d'huile. Le pied droit de Gul Dalit ayant dérapé, le voleur fut violemment projeté vers l'arrière, puis chuta lourdement sur le dos. Il s'était relevé avec difficulté et suivait son frère en claudiquant, au moment où le fils de Meryem, entre-temps arrivé au pied de la cascade, vit briller sur le sol la pépite que Gul Dalit avait lâchée dans sa chute.

Alors que Nestor examinait avec fascination le morceau d'or pur posé sur sa paume, il reçut une petite tape sur l'épaule. C'était Beug, qui l'avait suivi et dont le grand sourire et les yeux, pour une fois visibles, témoignaient d'une joie indicible et d'une reconnaissance éperdue envers son bienfaiteur. Quand Nestor lui tendit sa pépite, sous un ciel qui s'éclaircissait à vue d'œil, on aurait cru un affamé n'ayant pas mangé depuis trois jours et qui se voit offrir de la nourriture... Quelques instants plus tard, quiconque l'aurait vu redescendre en courant vers le village aurait juré qu'il s'agissait de Parsifal tenant le Graal entre ses paumes...

Cette bonne action n'expliquait pas à elle seule l'euphorie du fils de Nicodème et Meryem lorsqu'il ouvrit un œil le lendemain matin, son dos collé à celui de sa belle, dont les flots brillants de la chevelure contrastaient avec l'infâme peau de bique sur laquelle ils s'étalaient.

Exténué par la montée, le trio avait dormi à proximité de la table rocheuse sur laquelle Beug se livrait à ses étranges rituels. Mâlâ, à peine son dîner avalé, s'était endormi sous l'une de ces extraordinaires voûtes célestes que seule réserve la haute montagne, car une bise d'altitude avait nettoyé le ciel.

Les deux tourtereaux, quant à eux, en avaient profité pour se rapprocher l'un de l'autre. Alors que le fils de Nicodème cherchait la bonne entrée en matière, c'est Lune Rousse qui avait pris les devants en dégrafant le haut de sa robe, puis, en s'emparant d'autorité de la main de son fiancé, qu'elle avait posée sur l'un de ses adorables petits seins. Nestor avait toujours ce trésor au creux de sa paume, au moment où, de son autre main, il s'était de nouveau aventuré aux alentours du jardin d'Éden... Sa propriétaire, loin d'être effarouchée, lui avait alors tendu ses lèvres. Tandis que les doigts de Nestor pianotaient sur le sillon qui séparait en deux le bombement du mont Sauvage, Lune Rousse s'était mise à onduler de la croupe, tout en émettant de délicieux soupirs... Longtemps après que le feu du bivouac s'était éteint, les sens des deux amants étaient restés enflammés.

En repensant à tout cela, le garçon bandait comme un étalon, et, comme cette mise en bouche lui avait ôté tout scrupule, il se tourna vers sa dulcinée.

Celle-ci était réveillée, et elle lui souriait !

Enhardi, il enfouit ses mains sous la peau de bique, et après avoir fait pivoter Lune Rousse de façon à la placer en chien de fusil, dos à lui, il commença à lui masser les épaules... Non seulement sa fiancée roucoulait comme une colombe, mais elle avait la chair de poule !

Malheureusement, cet exercice dut s'interrompre, Mâlâ leur ayant annoncé qu'il était temps de repartir. Nestor déposa alors un doux baiser sur le front de sa dulcinée, puis il rabattit la peau de chèvre.

C'est alors qu'on entendit quelque chose rouler sur le sol.

C'était l'étui en argent que Beug avait dérobé à Maître K vingt ans plus tôt, et qu'il était venu déposer, à pas de loup, entre les jambes de Nestor, pendant que ce dernier se trouvait dans les bras de Morphée et de son amoureuse.

Ce fut Mâlâ qui le ramassa. Il l'observa longuement d'un air émerveillé, puis en extirpa la minuscule fiole qui protégeait le saint cheveu. Sous le regard interloqué des deux fiancés, il tomba à genoux, puis s'écria, en dirigeant vers eux l'objet à l'intérieur duquel on pouvait distinguer un mince filament de couleur sombre :

— Reconnaissance infinie à la main du Bouddha ! Sans elle, le saint cheveu ne serait pas revenu à moi !

27

Le bébé panthère des neiges

Meryem aurait été fière de son aîné si elle l'avait vu en train de jouer les premiers de cordée, au milieu des flocons de neige qui tourbillonnaient dans les airs. Il était impossible de voir à plus de 5 mètres sur ce raidillon taillé à même le rocher et recouvert de givre, sur lequel on était obligé de marcher à la queue leu leu, en se collant à la paroi, car on surplombait un précipice.

Cela faisait trois jours que la météo n'était pas de la partie et que des nuées sombres recouvraient les hauts plateaux tibétains d'un épais couvercle.

À quelques pas derrière Nestor, sous une méchante brume qui atténuait les couleurs, Mâlâ avançait cahin-caha, à moitié aveuglé par les particules blanches, quand Lune, rompant un silence ouaté, poussa un « Oh ! » de surprise.

L'attention de la jeune fille venait d'être attirée par des miaulements éplorés. Ils provenaient d'une dalle rocheuse qui surplombait le chemin d'une hauteur d'environ 2 mètres.

Si la fille de Yao Xing avait un peu plus élevé le regard, elle aurait aperçu, sur une corniche située juste au-dessus de ce chaton pelotonné au milieu des buissons, une magnifique panthère des neiges, avec son autre petit dans sa gueule.

Fuyant les humains comme la peste, ces félins, surnommés « Grands Invisibles » par les Tibétains, se déplacent à pas de feutre, camouflés dans le somptueux camaïeu de gris et de beige de leurs magnifiques robes tachetées.

La femelle avait disparu comme par enchantement, quand Lune, que la minuscule peluche aux cris déchirants avait attirée comme un aimant, réussit à se hisser auprès d'elle, au prix d'un laborieux effort et non sans faire dégringoler quelques cailloux sur le raidillon.

Nestor, interpellé par le bruit, rebroussa chemin aussitôt.

Quand il se retrouva sous la dalle rocheuse, son amoureuse berçait la jeune panthère des neiges, tout en soufflant doucement sur sa tête, à la façon d'une maman son nourrisson. C'était d'ailleurs à leur futur bébé que pensait le fils de Nicodème, lorsqu'il ouvrit ses bras à Lune Rousse, pour la réceptionner.

Mais il suffit parfois d'une seconde d'inattention pour que tout bascule et que le bonheur laisse place au plus grand des malheurs. C'est ce qui advint, lorsque Lune sauta à pieds joints dans les bras de son fiancé, tel un petit enfant totalement en confiance, et que Nestor recula de façon à mieux amortir le choc, mais en faisant le pas de trop vers le précipice.

Mâlâ rattrapa Lune Rousse *in extremis*, mais le fils de Meryem et Nicodème avait déjà basculé dans le vide, criant à s'en arracher la gorge. Quand cette terrible déchirure du silence – qu'aucun écho des montagnes n'allait répercuter, comme cela arrive souvent par temps de neige – s'interrompit, après trois ou quatre secondes qui semblaient avoir duré des siècles, le petit félin avait déjà grimpé sur son rocher. Et Mâlâ serrait dans ses bras la fille de Yao Xing de toutes ses forces, et elle-même s'accrochait à lui comme à sa propre vie.

Même si son esprit peinait à prendre la mesure de ce qui était advenu, elle se rappela l'histoire du Bouvier céleste et de la Tisserande des nuages colorés, que le Gibbeux lui avait racontée, un jour qu'il avait voulu lui changer les idées, à l'issue d'un cours de littérature.

Le Bouvier céleste était un sémillant jeune homme qui rêvait de convoler en justes noces avec la Tisserande des nuages colorés, une jeune fille ayant tout pour plaire... Or il s'agissait de deux étoiles situées de part et d'autre du rempart infranchissable que constitue la Voie lactée. Mais face à un amour si beau et pur, la Reine Mère céleste fut prise de pitié : elle décida que les deux amoureux pourraient se voir une fois par an, le septième jour du septième mois lunaire. Pour permettre ces retrouvailles, les pies, ces oiseaux de bon augure, reçurent pour ordre d'ériger une passerelle provisoire entre les deux étoiles amoureuses…

Une fois achevé le récit du vieux stratège de son père, Lune Rousse avait éclaté en sanglots et le Gibbeux ne savait plus où se mettre, lui qui avait cru bien faire en racontant à sa protégée cette belle histoire qu'on se plaisait à narrer, au sein de la haute société, aux futurs mariés. Il s'était lancé dans une explication que sa jeune élève avait trouvée passablement laborieuse : contrairement au genre humain, les étoiles étaient douées d'une infinie patience… Si bien que lorsque le Bouvier et la Tisserande se rejoignaient une fois par an, cela équivalait pour les amoureux à une rencontre quotidienne.

À présent, Lune trouvait ces propos lumineux…

Elle rouvrit les yeux.

Sur le rocher d'où le bébé panthère appelait au secours se tenait maintenant sa mère, qui l'avait pris dans sa gueule. Une vie de perdue, une autre de sauvée… Ainsi allait le mouvement giratoire perpétuel de l'Univers, symbolisé par la Grande Roue de la Loi, une roue dentée dont la crénelure symbolisait l'alternance de la mort et de la vie, telle que le Bouddha la décrivait à ses disciples lorsqu'il les réunissait autour de lui dans le parc aux Gazelles…

Si Lune ne s'était pas sentie comme une plante déracinée, elle aurait à coup sûr applaudi le félin, lorsque, en trois bonds d'une sidérante élégance, il s'évapora dans la brume, son petit dans la gueule.

Quant à Mâlâ, il continuait de fixer l'endroit où Nestor avait disparu. Lui à qui Maître K avait toujours expliqué qu'on devait accepter l'insupportable, il était en proie à un fort sentiment de révolte. Pourquoi la main du Bouddha n'avait-elle pas empêché de basculer dans le précipice celui qui lui avait sauvé la vie ?

Au bout d'un quart d'heure, les deux cœurs meurtris durent repartir. Ils seraient volontiers restés là, pour veiller Nestor, mais la tempête de neige avait redoublé de violence.

Ce n'est qu'au coucher du soleil, alors que le ciel était de nouveau parfaitement dégagé, qu'ils firent halte au pied d'une falaise, frigorifiés, tenant à peine sur leurs jambes.

Leur soupe aux orties et au gruau de millet avalée, Lune Rousse demeurait éveillée, contrairement à Mâlâ, qui s'était immédiatement endormi. Emmitouflée dans une peau de yack, la fille du souverain du Qin postérieur scrutait le firmament.

La nuit était magnifique. Parmi ces milliards d'étoiles qui scintillaient, laquelle était Nestor ?

À force de les regarder, Lune Rousse eut un sourire mélancolique. Sûr et certain que son amoureux était l'une de ces étoiles… et que, tôt ou tard, ils finiraient par se retrouver !

28

La crémation

Alors qu'une épaisse colonne de fumée montait par bouffées vers le ciel, la cour du Cheveu était envahie par l'odeur âcre de la chair et des vêtements brûlés. Autour d'un magma de braises, des moines se frappaient la poitrine, pendant que d'autres se jetaient à terre.

Comme eux, Terre Pure venait d'assister, anéanti et sa main crispée sur sa dent de panthère, à la crémation de Maître K, dont la dépouille avait été exposée durant quatre semaines, au sommet du bûcher de forme pyramidale et fait de rondins enduits de camphre, que les bonzes du Cheveu avaient érigé au pied de la pagode de l'Oie sauvage.

Un peu plus tôt, le révérend, en tant que doyen de la communauté, avait mis le feu à la dépouille de son ami le plus cher à l'aide d'une torchère, les flammes étant censées libérer l'âme du corps.

À présent que les cendres du défunt se dispersaient dans les airs, plus personne, ou presque, ne pleurait : Maître K se reposait au nirvana. Il ne serait plus obligé à passer ses journées et ses nuits à traduire *La Triple Corbeille.*

Le seul à ne pas partager ce point de vue était Troisième Noble Vérité, qui s'accrochait aux basques de Terre Pure, le bruit ayant couru que le vieux complice de Maître K allait se porter candidat à la succession de celui-ci. Comme l'hypothèse en question était parfaitement plausible, le nain larron enrageait à l'idée d'être devenu un assassin pour des prunes ! Et les bouddhistes ayant une vision de l'enfer bien pire que celle des chrétiens, il se voyait déjà cuisant à petit feu après avoir été découpé en fines rondelles, puis marinant dans de l'huile bouillante éternellement.

Or, si le chef des novices avait su dans quel état d'esprit se trouvait Terre Pure, il aurait dormi sur ses deux oreilles. En effet, le doyen d'âge ne se sentait pas de taille à devenir le nouveau supérieur du Cheveu. Il savait que l'immense majorité des moines n'attendait que ça, mais il ne se voyait pas pour autant leur expliquer que Maître K leur avait dissimulé le vol du saint cheveu.

C'est alors que Terre Pure avisa Quatre Directions et Paradis de l'Ouest en train de foncer vers lui. Depuis que le confident de feu Maître K était revenu de Chang'an, ces deux bonzes n'arrêtaient pas de le tarabuster pour qu'il se propose comme le nouveau supérieur du Cheveu. Pour eux, il était le seul successeur naturel du Grand Traducteur et l'accession de

Troisième Noble Vérité à la direction de la communauté se heurterait, à coup sûr, à l'opposition de la majeure partie de ses membres.

Leurs encouragements n'empêchaient pas notre doyen d'âge de douter de leur sincérité. En effet, Quatre Directions était le moine économe du Cheveu. Ce fils d'un richissime trafiquant de jade qui avait fait entrer son rejeton au monastère moyennant une grosse somme d'argent – comme nombre de personnes fortunées le faisaient dans l'espoir d'intégrer le nirvana –, Terre Pure l'avait souvent entendu pester contre Maître K et son mépris des biens matériels. Quant à Paradis de l'Ouest, il était sous l'emprise de son collègue, tel un petit chien aux basques de son maître.

Le révérend fit semblant de ne pas les avoir vus et tourna aussitôt les talons pour mettre un maximum de distance entre lui et les deux casse-pieds. Au bout de quelques mètres, alors qu'il s'éloignait tête baissée, il heurta quelqu'un qu'il n'avait pas vu arriver.

C'était Mâlâ aux Cent Huit Grains.

Avec sa peau tannée par le soleil, ses joues creusées par l'effort et les larmes qui emplissaient ses yeux, il avait un regard infiniment doux, digne d'un chef-d'œuvre de la vallée de l'Indus.

Le visage du vieux bonze s'illumina.

— Toi ici ? dit-il à son jeune confrère en le prenant par les épaules.

Après s'être incliné, le jeune moine joignit les mains.

— Nous sommes arrivés à temps. Vous n'aviez pas encore allumé le feu sacré.

Terre Pure n'avait pas prêté attention à la jeune femme au crâne rasé et à la toge lie-de-vin qui était apparue de derrière un pilastre. Ce n'est qu'en découvrant ses yeux d'émeraude qu'il comprit qu'il s'agissait de la fille de Yao Xing. Étonnamment, elle n'était pas accompagnée de Nestor. Quand elle se jeta dans ses bras en sanglotant, il devina qu'il était arrivé malheur au jeune homme.

La boule au ventre, il se hasarda :

— Comment s'est passé le voyage ?

Pour toute réponse, Mâlâ sortit l'étui d'argent de sa poche. Il le tendit à Terre Pure, mais celui-ci l'arrêta d'un geste.

— Garde-le avec toi !

L'air mi-mystérieux mi-malicieux, le révérend ajouta :

— Il va t'être sacrément utile !

29

Le jade en plein cou

Persil avait beau être souple comme une liane, elle avait les articulations en compote. C'était d'ailleurs au prix d'une douleur quasi insupportable qu'elle s'était hissée jusqu'à la terrasse sur laquelle donnait la chambre à coucher de Creux du Vide – en évitant de regarder vers le bas, car elle était sujette au vertige.

Avant d'arriver à pied d'œuvre, elle avait dû s'introduire dans la réserve où les Turbans jaunes entreposaient leur butin, située à l'avant-dernier étage du donjon. À cette heure tardive, elle n'avait croisé personne dans l'escalier et elle avait pu faire sauter le cadenas de la porte sans éveiller les soupçons. Après s'être éraflé la peau des coudes et des genoux dans l'étroit conduit d'aération de la chambre forte qu'elle avait parcouru en rampant, elle s'était retrouvée à l'extérieur du bâtiment, à une trentaine de mètres du sol. À coups de balancements effectués du bout des doigts, et à la traction de ses bras, elle était parvenue à atteindre la terrasse, à l'issue d'un rétablissement pour le moins spectaculaire.

Mais l'énergie de Persil était décuplée par sa rage depuis qu'elle avait découvert, trois jours plus tôt, que Creux du Vide la trompait avec une autre femme, une créature récemment débarquée au Nid d'aigle. Comme c'est généralement le cas entre rivales, Persil trouvait la dénommée Prunelle terriblement vulgaire ; elle l'avait longuement observée en train de se pavaner dans les ruelles de la citadelle, jupe fendue jusqu'à mi-cuisses et bustier au décolleté outrageusement échancré. Prunelle se maquillait comme une vieille mère maquerelle et cambrait les reins dès qu'elle croisait un Turban jaune. Le plus rageant dans l'histoire n'était pas tant le comportement de l'intéressée que celui du chef taoïste. Quand Persil, pour le piéger, lui avait vanté les charmes de Prunelle, il avait fait mine de ne pas l'avoir entendue !

L'amante bafouée s'était discrètement renseignée au sujet de l'intruse : elle avait appris qu'elle était la petite sœur de Grain de moutarde, la prostituée du Phénix qui l'avait précédée au gynécée de Yao Xing, grâce à sa maîtrise des figures de *La Fille sombre*. Autrement dit, une concurrente redoutable, dans la mesure où l'on pouvait imaginer que l'aînée ne s'était pas privée d'initier sa cadette.

À califourchon sur le parapet, Persil repensait aux circonstances de sa découverte du pot aux roses. Ce jour-là, une pluie battante l'avait obligée à faire demi-tour alors qu'elle se rendait à Chang'an, où elle avait prévu d'aller rôder près de la maison de Chou Pommé. Interpellée par l'agitation des gardiens du pont-levis, elle s'était postée derrière un muret, de façon à surveiller discrètement les entrées et sorties du Phallus de la Voie… Quelques minutes plus tard, mais qui lui avaient semblé une éternité, la silhouette de Prunelle était apparue dans l'encadrement de sa porte.

Ivre de rage, Persil avait dû se retenir pour ne pas lui sauter à la gorge. Elle était allée ensuite se réfugier chez Citrouille, une vieille dame qui l'avait à la bonne. Mais le pire était à venir, car Creux du Vide, depuis ce jour fatal, n'avait pas daigné prendre de ses nouvelles, alors même qu'elle l'avait fait prévenir qu'elle était souffrante.

L'ancienne pensionnaire du gynécée de Yao Xing avait passé deux jours à ruminer sa vengeance. C'est lors d'une incursion dans les Coussins Rouges qu'elle avait décidé de régler définitivement son compte à Creux du Vide, cet homme qui ne pensait qu'à lui et pour qui la gent féminine n'était bonne qu'à exécuter les acrobaties de Nuage et Pluie.

Sous un ciel criblé d'étoiles qui rendaient la nuit laiteuse, une chouette hululait dans les lointains, et Persil descendit du parapet, tout en vérifiant que le petit poignard aux tigres se trouvait toujours dans sa poche.

En même temps que ses yeux étaient fixés sur l'épais rideau orné des animaux bénéfiques qui occultait la porte de la chambre de Creux du Vide, elle n'osait pas imaginer le genre de galipettes auxquelles les amants s'adonnaient derrière ces tortues et ces dragons...

Elle traversa la terrasse à pas de loup. Elle comptait viser directement le cou de Creux du Vide, comme elle avait vu son cousin le faire quand il saignait ses canards et ses poules. D'un geste, elle écarta lentement la tenture.

Prunelle et le chef des Turbans jaunes étaient endormis côte à côte.

Éclairée par la bougie que Creux du Vide avait l'habitude d'allumer comme un préalable à la fusion du Yin et du Yang, la posture des amants avait beau être parfaitement chaste, Persil trouvait qu'il s'en dégageait un je-ne-sais-quoi consécutif aux ébats les plus torrides.

Aussi avait-elle l'impression d'être le témoin d'un spectacle obscène, et même de respirer à plein nez l'odeur de la Rosée ombreuse qui avait dû dégouliner des parois de la Caverne de grain de sa rivale, lorsqu'elle avait été visitée par les doigts et la Divine Lance de Creux du Vide.

C'en était trop.

Quand elle bondit sur le lit, on aurait dit une tigresse. Elle coinça le chef des Turbans jaunes en s'asseyant à califourchon sur son torse, et, avec une détermination sans faille, elle plongea la petite lame de jade dans la cavité qui séparait le sternum de Creux du Vide de la base de son cou.

La pierre ayant traversé de part en part la trachée du taoïste, des bulles teintées de rouge apparurent aux commissures de ses lèvres et ses yeux, d'abord interloqués, se figèrent. Puis il se mit à hoqueter, sa bouche vomissant un flot de sang entre deux convulsions… Jusqu'au spasme final, au moment où son regard présenta cette fixité impersonnelle, presque apaisée, de l'être devenu étranger à ses congénères.

Dans le feu de l'action, l'amante bafouée en aurait presque oublié l'existence de Prunelle, si elle ne l'avait pas entendue gémir, alors qu'elle s'apprêtait à franchir la porte-fenêtre.

La nouvelle partenaire de Creux du Vide était recroquevillée contre la montagne de coussins sur lesquels elle-même s'était si souvent vautrée, ses yeux étaient exorbités de terreur, tandis que le visage cireux du chef taoïste luisait au rythme des pulsations de la flamme de la bougie qui s'était mise à grésiller. Heureusement pour Persil, celle-ci n'était pas encore tout à fait consumée, sinon elle n'aurait pas entrevu l'éclat froid de la dague effilée que Prunelle serrait dans sa main droite, avant qu'elle ne la glisse sous un coussin.

L'ancienne pensionnaire du Phénix voltigeant n'avait jamais pratiqué les arts martiaux. Elle ne savait donc pas qu'il est possible de neutraliser un adversaire armé d'un couteau, en lui saisissant immédiatement le poignet, ce qui suppose de faire fi de l'existence de la lame et du risque de blessure, et cela supposant une parfaite maîtrise de soi qui ne s'acquiert qu'au prix d'un entraînement mental intensif.

Ce fut donc par instinct qu'elle plongea vers le poignet de Prunelle. Alors qu'elle le serrait le plus fort possible, essayant de faire lâcher prise à sa rivale, celle-ci réussit, à l'aide de son autre main, à lui jeter un coussin au visage. Dans son mouvement de recul, Persil se cogna violemment la tête contre le mur. Elle vit trente-six chandelles et, derrière ces tourbillons lumineux, Prunelle qui se précipitait vers la terrasse…

Il n'était pas question pour l'amante bafouée de laisser s'échapper le seul témoin de son crime. Persil s'étant lancée à la poursuite de Prunelle, son pied heurta le poignard que celle-ci avait laissé choir au pied des animaux bénéfiques.

Dehors, on n'entendait plus aucun hululement. Persil fonça, sa lame pointée vers l'avant, tel un fantassin chargeant l'ennemi – qui, en l'occurrence, avait le dos appuyé contre la rambarde.

Tétanisée par l'effroi, la malheureuse n'avait pas bougé d'un millimètre lorsque son ventre accueillit la petite dague de Persil.

Tombée à genoux, sa tête écroulée sur sa poitrine, on aurait dit qu'elle examinait sa blessure, quand sa meurtrière la hissa sur la balustrade, puis la fit basculer dans le vide.

En revenant dans la chambre, où une délicieuse odeur de cire chaude embaumait l'atmosphère, l'experte en figures de *La Fille sombre* n'éprouvait pas le moindre état d'âme. La bougie s'était consumée.

Sur l'immense lit, le chef des Turbans jaunes avait la bouche grande ouverte et son menton dégoulinait de sang séché…

Son amant dormant toujours nu, elle fit glisser le drap qui recouvrait son corps de façon à découvrir ses testicules. Avec les gestes d'un castrateur chevronné, elle pinça la base du scrotum puis trancha délicatement, de façon à les détacher du corps sans endommager l'enveloppe de peau recouvrant ce que les eunuques appelaient leurs « petits trésors », qu'ils plaçaient dans une petite boîte et conservaient précieusement sur eux jusqu'à leur mort – la croyance voulant qu'une âme ne pouvait s'échapper d'un corps que s'il était entier.

Après quoi, tout étonnée par la facilité avec laquelle elle avait accompli cet acte cathartique, elle courut de nouveau vers la terrasse, avec, dans sa paume, les testicules de Creux du Vide.

Persil n'en avait pas conscience, mais entre le moment où elle les jeta de toutes ses forces par-dessus la rambarde, et celui où elle avait, au même endroit, poussé le corps de Prunelle, il ne s'était jamais écoulé autant de temps sans qu'elle soit obnubilée par la haine qu'elle vouait à Yao Xing et à Chou Pommé.

30

L'intronisation

Dans la grande salle de prière du Cheveu, la ferveur était palpable, malgré le vacarme des tambours de prière que frappaient en cadence une trentaine de moines, à l'aide de baguettes en forme de point d'interrogation.

Au sein de l'assistance, signe du succès de l'implantation du bouddhisme à Koutcha et dans ses environs, il y avait presque autant de membres de la communauté du Cheveu, désormais riche de plus de quelque trois cents moines et novices, que de fidèles – de pauvres éleveurs qui espéraient repartir le ventre plein, mais aussi de riches marchands qui rêvaient d'un billet pour le nirvana.

Face à tout ce joli monde, Mâlâ aux Cent Huit Grains, assis sur un trône doré à la feuille, aurait payé cher pour revenir dix ans en arrière, au temps béni où il servait le Grand Traducteur avec l'insouciance du disciple qui fait entièrement confiance à son maître. Mais comme il tenait à faire bonne figure, il baissait la tête, car il n'était pas question de laisser filtrer son désarroi.

Quiconque, au sein de l'assistance, mis à part Terre Pure, serait tombé des nues s'il avait su que le héros du jour s'estimait incapable – et donc indigne – d'occuper la charge dont il allait être investi. Le héros du jour était d'ailleurs tellement chamboulé par cette perspective qu'il ne manifesta pas la moindre réaction au moment où retentirent les conques, dans lesquelles soufflaient, à s'en crever les tympans, une dizaine de bonzes aux joues gonflées par l'effort, suivies des *ting-sha*, ces mini-cymbales qu'utilisaient les chamans tibétains pour inciter les dieux à demeurer sur Terre, et que manipulaient les cinq novices les plus jeunes de la communauté du Cheveu... Tout cela, ajouté aux psalmodies, produisait un tel tintamarre que Mâlâ aux Cent Huit Grains avait la fâcheuse impression d'être le papier perforé d'un limonaire qui aurait déraillé.

L'image n'était pas totalement inappropriée : Mâlâ n'avait rien fait pour se retrouver sur ce trône ; il n'aurait d'ailleurs pas été assis dessus si Terre Pure n'avait pas tout organisé, et démontré une singulière capacité à maquiller la vérité.

Tout avait commencé à quelques pas de là, dans la cour du monastère, quand, après avoir sonné le rappel de la communauté, le révérend avait déclaré, tout en brandissant l'étui du saint cheveu sous le nez des bonzes réunis au grand complet :

— Mes bien chers frères, Maître K souhaitait que Mâlâ aux Cent Huit Grains lui succède. Telle était la teneur du message qu'il avait fait porter par son assistant préféré à maître Buddhabâdrâ ! C'est dire la confiance que le Grand Traducteur avait en son assistant préféré !

Dans la foulée, il avait ordonné à l'assistant de feu Maître K de monter sur la margelle du puits. Le jeune homme n'en avait pas cru ses oreilles devant l'ovation que ses collègues lui avaient faite.

Pour éviter toute contestation, le révérend avait tenu à faire avaliser l'opération par une sorte de « conseil des sages » – en l'espèce, les cinq bonzes les plus âgés du Cheveu. Le seul qui avait refusé de se prononcer n'était autre que Troisième Noble Vérité, qui voyait s'envoler définitivement ses espoirs.

En réalité, le seul obstacle que Terre Pure avait dû surmonter était Mâlâ lui-même, qui avait vivement reproché à son mentor la façon dont il avait travesti la vérité. Quand les bonzes étaient retournés vaquer à leurs occupations et qu'ils s'étaient retrouvés seul à seul, Mâlâ s'était exclamé, d'une voix remplie d'amertume :

— J'ignorais que vous étiez capable de mentir à ce point ! Et moi qui croyais que le Bienheureux disait : « La Vérité est un diamant inaltérable ! »

Ce à quoi le vieux complice de feu Maître K avait rétorqué vertement :

— Dans la vie, il arrive qu'un « pieux mensonge » soit nécessaire pour faire avancer une juste cause. Il n'y a que ceux qui n'ont jamais exercé de responsabilités qui l'ignorent.

Et Terre Pure d'ajouter, avec une dureté que Mâlâ ne lui connaissait pas :

— Aurais-tu préféré que je déshonore ton ancien maître devant la communauté ? Le pieux mensonge est l'un des jalons du Chemin du Devoir... Tu auras sûrement l'occasion de le constater par toi-même !

Quand le révérend s'était tu, ce n'était qu'en vertu du respect dû aux aînés que Mâlâ s'était abstenu de répondre, avant de tourner les talons.

Après cet échange aigre-doux, notre héros avait été à deux doigts de s'enfuir du monastère... jusqu'à ce qu'il finisse par capituler. En effet, deux jours plus tard, Terre Pure avait débarqué dans sa cellule où il tournait comme un lion en cage, et le vieux lui ayant ouvert ses bras, il s'y était jeté en fondant en larmes.

Tout cela expliquait le vertige de Mâlâ, à présent que le plus jeune des novices lui présentait le collier de la « divine protection du bienheureux Bouddha ». C'étaient de simples fleurs de lotus reliées entre elles par du raphia, mais qui, une fois qu'il les aurait passées autour de son cou, feraient de lui le supérieur de la communauté du Saint Cheveu.

Pour se donner du courage, il jeta un regard à Lune Rousse. En attendant de devenir à son tour une étoile et de rejoindre Nestor dans la Voie lactée, la fille unique du roitelet du Qin postérieur avait fait le choix de tenter d'échapper à la douleur en devenant une adepte des Nobles Vérités.

Les mains jointes, elle ne passait pas inaperçue, avec son crâne rasé, sa toge rouge sombre et ses yeux emplis de larmes qui brillaient comme des saphirs phosphorescents.

Mâlâ aux Cent Huit Grains y ayant trouvé ce qu'il cherchait, il réussit à plonger son nez dans les lotus.

31

Le « pieux mensonge » du jeune supérieur

Quand il se retrouva devant Nicodème et Meryem, le jeune supérieur de la communauté du Cheveu se forçait à sourire. Les parents de Nestor l'attendaient de pied ferme devant la porte du monastère, la mère de la petite Marie-Zoé portant sa fille sur sa hanche. Derrière eux, on distinguait la charrette, tirée par deux mulets, dans laquelle ils avaient fait le trajet et à l'arrière de laquelle, attachée par une corde, on apercevait une brebis efflanquée dont les mamelles frôlaient le sol.

Dans leurs vêtements poussiéreux, les malheureux étaient méconnaissables. On aurait dit des vieillards, leurs visages marqués par les stigmates de l'attente insupportable endurée par les parents qui ne savent pas ce qu'est devenu leur enfant, et dont l'espoir de le revoir un jour fluctue au gré des circonstances.

À cela, pour Meryem, s'ajoutait un terrible sentiment d'échec : non seulement elle était venue pour rien à Chang'an, mais elle y avait perdu son fils chéri ! Quant à Nicodème, il se serait bien vu poursuivre son œuvre de missionnaire en Chine, mais sa mégère l'avait obligé à repartir pour Antioche.

Face à ses visiteurs dont la détresse faisait peine à voir, Mâlâ aux Cent Huit Grains ne savait plus sur quel pied danser. Devait-il leur dire ou non la vérité ? À l'évidence, il ne pouvait compter que sur lui-même, car Lune Rousse s'était enfermée à double tour dans sa cellule dès qu'elle avait eu vent de l'arrivée des parents de Nestor, et Terre Pure était reparti pour Chang'an.

Alors que, désireux de lui donner l'accolade, le successeur de Maître K s'était approché de Nicodème, l'évêque le bloqua en lui présentant sa paume droite.

— Nous n'avons plus de nouvelles de mon fils Nestor !

— Nous sommes persuadés que vous savez où il se trouve ! renchérit Meryem, entre deux sanglots.

— Votre fils n'est pas ici… Au nom du bienheureux Bouddha, je vous l'assure ! répondit Mâlâ d'une voix molle, les jambes en coton à l'idée que plus l'interrogatoire allait se poursuivre, plus il risquait de s'empêtrer dans ses mensonges.

À vrai dire, le jeune supérieur aurait volontiers claqué la porte au nez à ses visiteurs. Que pouvait-il ajouter ? Annoncer aux malheureux parents que leur aîné était mort ? Autant les condamner au chagrin perpétuel !

Il inspira longuement.

Ne valait-il pas mieux, dans ces conditions, leur donner un motif d'espérer, à l'aide d'un « pieux mensonge » ?

— Nestor est devenu ermite au Pays des neiges... Il adore ces montagnes, lâcha-t-il, le ton le plus assuré possible, la main droite crispée sur le montant de la porte.

Contrairement à l'évêque, dont on aurait cru que le ciel lui était tombé sur la tête, Meryem souriait timidement. La maman ne voulait que le bien pour son fils... Qu'il soit devenu bouddhiste ne la gênait pas outre mesure, l'essentiel à ses yeux étant que son fiston soit en bonne santé.

— Nestor est-il au moins heureux là-bas ? fit-elle, la voix étranglée par l'émotion.

Mâlâ acquiesça, d'un air soulagé. Pour le coup, c'était la vérité : au nirvana, on ne souffrait plus !

Il remercia la main du Bouddha de lui avoir soufflé la bonne réponse.

32

La Jungle

Dans les rues désertes de Chang'an, où Longévité dans la peau déambulait, sa torchère à la main, le jour n'était pas encore levé et l'on n'y voyait goutte.

C'était la première fois que le géant tatoué nageait en plein désarroi, ainsi qu'en témoignaient ses narines dilatées, sa respiration saccadée et la sueur qui suintait par tous ses pores. Même les tortues vénérables qui décoraient ses épaules et ses impressionnants biceps semblaient avoir perdu de leur superbe.

Jusqu'à présent, il n'avait jamais eu à se poser trop de questions. Remarqué par un recruteur de l'armée – car, à douze ans, il en paraissait seize –, il devait sa situation à sa masse musculaire plutôt qu'à ses capacités intellectuelles. Il faut dire que Yao Xing, qui ne souhaitait pas courir le moindre risque, veillait à ce que les hommes de main de sa garde rapprochée ne brillent pas par leur intelligence.

Avec Longévité dans la peau, le tyran avait visé dans le mille. Dévoué corps et âme à sa personne, il remplissait à merveille son rôle d'épouvantail, grâce à son physique de brute épaisse qui le protégeait des affres que connaissent les gnomes au service d'un potentat, et que la combinaison entre leur apparence chétive et leur rôle oblige à forcer le trait, dans une surenchère permanente. Quel que soit l'endroit où Longévité débarquait – dans une gargote, chez un apothicaire, un forgeron ou un rémouleur, ou même dans l'échoppe d'un écrivain public –, dès qu'on le voyait, les conciliabules s'arrêtaient net et les visages se décomposaient. Cette véritable mascotte du Bureau invisible inspirait les pires craintes. C'est pourquoi Yao Xing le soignait particulièrement. D'ailleurs, depuis que le père de Lune était sans nouvelles de sa fille, le malabar tatoué comptait parmi les rares collaborateurs qui échappaient à ses colères et qui n'étaient pas l'objet de ses lubies.

Il n'empêche que, l'avant-veille, il avait l'air d'une poule ayant découvert un couteau quand le roitelet, l'air sombre et de fort méchante humeur, lui avait annoncé que, ayant désormais perdu tout espoir de revoir sa fille vivante, il se voyait obligé de procréer… et qu'il comptait sur lui pour lui dénicher l'oiseau rare, sachant qu'il n'était pas question que ses concubines en soient informées.

Aussitôt sa commande passée, Yao Xing était sorti de son bureau en claquant la porte. Il avait laissé Longévité dans la peau complètement désemparé, celui-ci n'ayant aucune idée des qualités souhaitées par son maître, s'agissant de l'oiseau rare en question… Autant chercher une aiguille dans une meule de foin ou aller à la pêche sans savoir quel genre de poisson il convient de ferrer !

L'homme aux tortues de longue vie avait beau essayer de se mettre à la place du patron, il ne parvenait pas à imaginer à quoi pouvait bien ressembler la femme idéale dans son esprit. Il aurait d'ailleurs été incapable de dire pourquoi Yao Xing se refusait à procréer avec l'une de ses concubines, alors que son harem en comptait désormais une vingtaine. Toutes plus séduisantes les unes que les autres, elles passaient leurs journées à se parer, à se faire masser avec des onguents et à coiffer leurs longues chevelures soyeuses, de façon à se présenter sous le meilleur jour au souverain du Qin postérieur, pour le cas où celui-ci daignerait convoquer l'une d'elles dans sa chambre.

Mais Longévité dans la peau connaissant suffisamment son maître pour savoir qu'il était du genre impatient, il s'était immédiatement mis en chasse.

Cela faisait deux jours qu'il écumait en vain les beaux quartiers de la capitale. Même dans les allées du Grand Marché, les jeunes femmes qui lui avaient semblé valoir le coup s'étaient enfuies tels des moineaux à l'approche d'un chat dès qu'il s'était approché d'elles. C'est pourquoi il s'était résolu à aller faire un tour dans la Jungle. Après tout, une fille pauvre n'aurait pas les mêmes craintes que les mijaurées des quartiers chics. Après tout, on trouve bien des fleurs somptueuses aux senteurs rares sur un tas de fumier...

Arrivé à la lisière de cet immense terrain vague où s'entassaient les miséreux des campagnes qui venaient dans la grande ville dans l'espoir d'améliorer leurs conditions de vie, il tomba sur un amoncellement de détritus délaissés par les cochons et inspira un grand coup, comme s'il s'apprêtait à plonger en eaux profondes.

La misère s'étendait comme la lèpre au Qin postérieur. Les cahutes faites de planches et de bambous champignonnaient pratiquement à vue d'œil, au rythme des arrivées incessantes des nouveaux occupants de la zone où, quelque dix-huit mois auparavant, Persil avait été abandonnée par les sbires de Chou Pommé.

Bizarrement, Longévité n'avait jamais eu l'occasion de s'y aventurer. Il y errait d'un pas mal assuré, tout en s'efforçant d'éviter les flaques de boue et les braseros à moitié éteints. Auprès de l'un d'entre eux, il aperçut une femme qui en remuait les braises. Quand il se fut approché d'elle, quelle ne fut pas sa surprise de tomber sur Persil !

Comme celle-ci avait la tête découverte et qu'elle avait laissé ses cheveux repousser, le géant tatoué n'avait eu aucun mal à reconnaître cette pensionnaire du harem qu'il reluquait à l'occasion, avant qu'elle ne disparaisse brutalement de la circulation.

Revenue se cacher dans la Jungle, Persil partageait un abri de fortune avec une dénommée Ambre Rouge, dont la maison avait été incendiée par des voisins qui l'accusaient d'être un *gui*, un démon maléfique, déguisé en femme. Convertie au bouddhisme depuis la mort de ses parents, Ambre vivotait en tirant les brins d'achillée à ceux qui étaient curieux de savoir ce que l'avenir leur réservait.

— Que fabriques-tu ici ? lança Longévité dans la peau après avoir approché sa torchère du visage de Persil.

Sur ses gardes, la jeune femme avait retiré le tisonnier du brasero. Mais en découvrant les formidables biceps et les tortues qui les ornaient, elle comprit immédiatement à qui elle avait affaire. Les rares fois où elle avait côtoyé le factotum de Yao Xing, elle avait remarqué qu'il louchait sur elle et aussi que la finesse d'esprit n'était pas son fort. Aussi n'eut-elle aucun mal à lui rétorquer :

— C'est plutôt à toi qu'il faudrait poser une telle question !

L'air d'un enfant pris en faute, le chasseur d'oiseaux rares du roitelet joignit les mains.

— Notre estimé souverain a perdu sa fille bien-aimée, et il m'a chargé de lui trouver une femme avec laquelle il pourrait procréer, de façon à perpétuer la glorieuse dynastie du Qin postérieur.

Persil aurait volontiers pouffé de rire si son interlocuteur ne l'avait pas brutalement attrapée par le poignet, immobilisant la main avec laquelle elle tenait le tisonnier.

— Tu es la femme qu'il me faut ! s'écria-t-il. Tu plaisais énormément à notre roi !

On aurait dit que la jeune femme était une panthère attaquant un éléphant, lorsque, après avoir lâché son tisonnier sous la pression de la main du géant, elle la mordit de toutes ses forces.

— Petite salope ! hurla Longévité en se dégageant.

Mais en reculant, il heurta le brasero, qui se renversa. Le malabar perdit l'équilibre et chuta lourdement sur le sol, qui semblait, à cet endroit, recouvert de rubis phosphorescents.

Alors que le colosse poussait des cris d'orfraie, car son dos écrasait des braises, Persil se rua sur le tisonnier. Ses deux mains n'auraient pas pu serrer plus fort la tige de fer dont le bout continuait à rougeoyer. Postée derrière Longévité, jambes écartées, elle la planta dans l'œil gauche du géant, tout en poussant un rugissement de bête sauvage. On vit alors pointer un joli minois tout ensommeillé, à travers l'ouverture de la hutte de cannes de bambou devant laquelle le factotum de Yao Xing se tordait de douleur.

La compagne d'infortune de Persil était ravissante et les deux jeunes femmes se ressemblaient comme deux gouttes d'eau.

Persil tira Ambre Rouge par la main.

— Vite ! Ne restons pas là !

Dans la lueur blafarde du matin, un petit groupe s'était formé autour de Longévité dans la peau, qui s'était agenouillé tant bien que mal, en gémissant comme un petit enfant. Mais, le temps pour lui de retirer en hurlant le tisonnier de son œil crevé, les deux jeunes femmes étaient déjà loin.

33

La Ceinture noire

Son dos calé entre des sacs de millet et d'orge, Élévation des Rites savourait l'instant, malgré les cahots qui faisaient tanguer et tressauter le charroi dans lequel il voyageait, le dernier d'une colonne dédiée aux munitions et aux vivres. Persuadé qu'il ne courait aucun risque, celui qui s'était arrogé le titre ronflant d'« Unique Grand Stratège du Qin postérieur » était pleinement rassuré sur son sort.

Il n'aurait plus manqué à Élévation des Rites que de laisser sa peau dans cette offensive militaire... dont il était pourtant à l'origine.

Le lettré venu de nulle part n'avait pas eu grand mal à convaincre Yao Xing de la mener, au nom du raisonnement selon lequel, suprématies commerciale et militaire étant inséparables, il suffisait au souverain du Qin postérieur de mettre la main sur les riches oasis de la route de la soie, à commencer par celles de Koutcha et de Hetian, pour que son royaume devienne le pivot de la Grande Chine. Des opérations d'autant plus faciles à mener que ni l'un ni l'autre de ces micro-États ne possédait d'armée digne de ce nom...

Ce raid, Élévation l'avait par ailleurs planifié dans les moindres détails : il s'agissait pour les soldats Han de prendre les Khotanais par surprise, et, une fois entrés dans Koutcha, d'y capturer le supérieur du monastère du Cheveu, le vrai maître de l'oasis, ce qui en ferait une excellente monnaie d'échange pour la suite.

Un spectacle qu'Élévation n'aurait raté pour rien au monde, car il serait l'illustration de son triomphe. C'est pourquoi il hurla au cocher d'aller plus vite.

À présent que le paysage défilait à toute allure devant ses yeux, il songeait au chemin qu'il lui avait fallu parcourir avant d'en arriver là. Un chemin semé d'embûches, qui avait commencé sous le signe d'un gigantesque ratage, dont Élévation gardait un souvenir cuisant.

De fait, quoi de pire, quand on a pris le bonnet viril, cette coiffe censée faire de celui qui la porte un jeune homme apte à marcher sur les brisées de son père, que de faire perdre la face à ce dernier ? Celui d'Élévation avait pour nom Courge Cérémoniale, et le gigantesque ratage du fils de celui qui occupait la fonction de bourreau du souverain du Zhao postérieur avait eu lieu en présence des plus hautes autorités de son pays...

À l'époque, Élévation des Rites s'appelait Radis Noir, un nom qu'il devait à sa pilosité hors norme.

Avec sa tignasse et ses sourcils qui se rejoignaient pour former une barre, l'acné qui, à l'époque, conférait aux joues et au front du fils du bourreau l'aspect d'un sol lunaire, on comprenait mieux pourquoi les enfants du quartier le traitaient de « sale macaque ».

Avant l'instant fatidique, il tremblait comme une feuille et il aurait été bien incapable de dire s'il s'était pissé dessus, ou si c'était sa sueur, qui faisait coller son pantalon à ses jambes, en même temps que ses mains s'agrippaient à la hache comme celles d'un noyé à la perche salvatrice...

Moyennant quoi, il avait coulé à pic ! Sa hache, au lieu de s'abattre sur le cou du condamné à mort, s'était encastrée dans le billot sur lequel sa tête reposait.

— Mon fils, tu vas me payer ça très cher !

Tels étaient les mots que Courge, juste après ce fiasco, avait susurrés à son fils et qui continuaient de résonner aux oreilles de ce dernier.

Contrairement à son rejeton, le père avait le physique de l'emploi. Capable d'envoyer n'importe qui *ad patres* d'un seul coup de hache, il l'avait eue d'autant plus saumâtre qu'il espérait perpétuer la lignée familiale, et que, comme par hasard, ce jour-là, la totalité du gratin mandarinal et politique du Zhao postérieur s'était déplacée pour la circonstance.

Mais le père avait fait fi de ce que son fils préférait les livres et la calligraphie aux arts martiaux, que les instruments contondants lui faisaient peur et qu'il supportait difficilement la vue du sang. Chez lui, on était bourreau de père en fils, un point c'est tout. C'est d'ailleurs parce que Élévation craignait de rendre ses boyaux au moment où l'hémoglobine jaillirait, qu'il avait perdu tous ses moyens à l'instant fatidique.

Pourtant, ce n'était pas faute de s'être exercé.

Son père lui avait fait subir un entraînement intensif, à grands coups de latte sur les épaules, s'il n'abattait pas correctement sa hache sur les cibles choisies. D'abord des citrouilles et des planchettes, puis de petits animaux : des ragondins, des chats et, pour finir, un chien de belle taille...

Le condamné à mort dont le garçon avait raté la décapitation était un père de famille convaincu de vol à l'étalage. Pis, un taoïste, circonstance aggravante qui valait à l'intéressé la peine capitale. Les adeptes de la Voie étaient pourchassés par les autorités, car, contrairement à leurs homologues du Qin postérieur, les Turbans jaunes locaux n'avaient pas soutenu le père du roitelet qui régnait alors sur le Zhao postérieur. Les proches du condamné étaient là, notamment son fils Creux du Vide, qu'on avait obligé à assister à l'exécution de son père, et qui fermait les yeux pour ne pas avoir à regarder le bourreau arracher la hache des mains de son fils, puis l'abattre avec rage sur le cou du taoïste... une tragédie dont Élévation était la cause, même si, sur le moment, il avait eu l'impression d'assister à un spectacle qui lui était totalement étranger.

Le mois suivant, Courge Cérémoniale avait expédié le fautif chez un cousin éloigné qui exerçait la profession d'écrivain public au Liang antérieur, un autre micro-État issu du démembrement de l'empire Han, dont le souverain n'avait rien trouvé de mieux, pour faire oublier ses origines barbares, que d'ériger le confucianisme en religion officielle du royaume.

Radis Noir s'étant révélé excellent en calligraphie, son cousin lui avait proposé de l'introduire dans le cercle des stratèges dudit roitelet. Mais pour cela, il convenait d'adopter un nom aux consonances confucéennes – d'où celui d'Élévation des Rites.

Sous cette appellation, le jeune homme avait déjà mémorisé environ deux milliers d'idéogrammes – un nombre plus qu'honorable, dont pouvaient se targuer les lettrés confirmés –, ce qui lui avait permis d'intégrer le bureau des finances et des archives du royaume. Il s'y était fait remarquer par son acharnement au travail, sa capacité à déchiffrer l'écriture archaïque et sa connaissance de l'histoire. Alors que sa carrière semblait toute tracée, le souverain du Liang antérieur avait été assassiné par le chef d'un clan adverse. Banni par le nouveau régime, Élévation des Rites était allé tenter sa chance au Qin postérieur, où il ne lui avait pas fallu longtemps pour se retrouver nez à nez avec Yao Xing, ce dernier s'étant rendu incognito dans l'auberge où le fugitif chantait ses louanges, dans l'espoir que son discours serait porté aux oreilles du souverain.

Il n'empêche que, le lendemain matin suivant, notre lettré venu de nulle part n'en menait pas large, quand deux sbires avaient débarqué dans sa chambre, puis l'avaient menotté avant de lui bander les yeux. Persuadé qu'on l'emmenait en prison, quelle n'avait pas été sa stupéfaction, une fois son bandeau ôté, de découvrir Yao Xing en personne, assis derrière son bureau, en train de le considérer d'un petit air amusé !

Élévation des Rites n'était pas du genre à laisser passer une telle chance. Il s'était lancé dans un panégyrique de son hôte, le « seul Han sous le Ciel capable de restaurer l'Empire », avant de lui préciser qu'en tant que descendant d'Arête vive, le ministre des Rites, du Culte des ancêtres et de l'Immuable du dernier empereur Han, il se sentait apte à l'aider à accomplir son glorieux destin.

Avec cette allusion à un personnage dont le père de Lune avait entendu parler par le Gibbeux, Élévation avait fait mouche. Et depuis que le vieux bossu avait disparu de la circulation, cela avait été un jeu d'enfant que de prendre ses aises auprès de Yao Xing.

De plus en plus content de lui, le lettré riait au vent depuis que des étendues cultivées étaient apparues et que le cocher faisait claquer la longue lanière de son fouet, en faisant en sorte d'effleurer le bout des oreilles des chevaux. Pour autant, Élévation n'avait cure de ces vergers de pommiers et de jujubiers, de ces champs de coton, de ces plantations de melons et de pastèques, de ces vignobles et de ces maisonnettes en pisé, qui étaient de plus en plus nombreuses ; pas plus qu'il ne prêtait attention aux chasseurs à l'aigle, dont on voyait les petits chevaux trottiner sur des plaines caillouteuses.

Tout en songeant aux félicitations que le roitelet ne manquerait pas de lui adresser devant l'ensemble de sa soldatesque, le lettré fixait le dos de Longévité dans la peau. Le malabar, dont la grande carcasse tressautait au rythme des cahots de la piste, était assis à côté du cocher. Depuis la perte de son œil gauche, le géant tatoué était devenu le factotum d'Élévation des Rites, un privilège dont ce dernier était très fier. Comment aurait-il pu se douter que Yao Xing avait chargé le malabar tatoué d'épier ses moindres faits et gestes ?

Il ignorait de même qu'il passerait bientôt de vie à trépas, son charroi se trouvant désormais à moins d'une centaine de mètres de la « Ceinture noire », ce long boudin de pierre de couleur anthracite et d'une quinzaine de centimètres d'épaisseur qui barrait la piste dans toute sa largeur. C'était la partie visible d'un énorme rocher de granit noir, dont la présence dans le sous-sol remontait à des millions d'années, à l'époque où ce désert était un océan.

Vénérée comme une entité divine, cette anomalie géologique était périodiquement arrosée d'huile parfumée ou de lait d'ânesse mélangé à du miel, et décorée de guirlandes de fleurs. Les voyageurs chinois affirmaient qu'il s'agissait de l'arête dorsale du « grand dragon bénéfique » qui sommeillait sous le sable. Certains habitants du coin lui attribuaient même des pouvoirs magiques – comme cette maman dont le bébé avait de la fièvre et qui avait honoré le boudin de granit en y déposant une guirlande de roses. Mais il n'en restait que des pétales desséchés, déchiquetés en mille morceaux, car elles avaient été piétinées par les sabots des chevaux de Yao Xing... Comment Élévation des Rites aurait-il pu se douter que ces fleurs lui serviraient de couronne mortuaire, quand il ordonna de nouveau au cocher d'accélérer ?

Ce dernier s'acharna avec son fouet, en visant cette fois les croupes de ses bêtes, dont les robes ruisselaient de coulées blanchâtres et les naseaux fumaient, malgré la chaleur ambiante, lorsqu'il aperçut la Ceinture noire, à quelques mètres devant lui – mais trop tard pour éviter de rouler dessus à pleine vitesse.

Les chevaux ayant miraculeusement franchi l'obstacle, la charrette se souleva, projetant dans les airs ses trois occupants, dont aucun ne sortirait vivant de l'accident.

La Ceinture noire avait eu raison des rêves d'Élévation des Rites.

34

La porte refermée

Assise en lotus au pied du Bouddha squelettique de la salle de la repentance, Lune Rousse aurait été bien en peine de dire depuis combien de temps elle priait pour la paix des âmes, des cœurs et des corps, un bâtonnet d'encens entre ses mains jointes.

Était-ce à cause de la pénombre de la pièce ou en raison de l'imminence de l'attaque de la ville ? Toujours est-il que l'effigie lui paraissait encore plus terrifiante qu'à l'accoutumée. Au point qu'elle avait l'impression que la statue la considérait avec méfiance, et sans la moindre compassion, du fond de ses orbites, car ses yeux demeuraient invisibles, en raison de l'absence d'éclairage.

La fille de Yao Xing inspira longuement, puis expira jusqu'à vider complètement ses poumons.

Ce n'était pas le moment de paniquer ! Mâlâ avait appelé sa communauté au calme, lui-même affichant une sérénité à toute épreuve, face au péril qui s'annonçait. D'une voix égale, et sans laisser paraître le moindre trouble, le nouveau supérieur du Cheveu avait annoncé à ses ouailles que la nouvelle de l'attaque de l'oasis de Koutcha par des troupes étrangères venait de lui parvenir.

Colportée par des témoins qui avaient assisté au passage des soldats de Yao Xing, l'information avait fait l'effet d'une bombe auprès des habitants. De fait, ils n'avaient jamais rien connu de tel auparavant, à part de rares razzias menées par des pillards venus d'Asie centrale.

Personne ne connaissait la nationalité des soldats qui marchaient sur l'oasis, vu qu'ils n'étaient précédés d'aucun portefaix. Les Koutchéens ignorant tout des affaires militaires, ils n'étaient pas capables de déduire de la présence de ces cavaliers-archers, dont les montures étaient caparaçonnées comme des scarabées géants, qu'il s'agissait de troupes Han.

Passé la sidération, l'élite koutchéenne s'était mise à paniquer. Habituée à vivre en paix depuis des siècles, la riche oasis marchande avait négligé sa défense. Ses forces se résumaient à une vingtaine de gendarmes dont la tâche essentielle consistait à percevoir l'octroi, et dont la moitié s'étaient volatilisés dans la nature dès l'annonce de l'offensive.

Qu'avait-on fait de mal pour mériter un tel traitement ? Telle était, en résumé, la complainte du chef de la guilde des changeurs de monnaie, qui avait barre sur les plus gros commerçants de Koutcha, quand il était venu supplier le successeur de Maître K de faire quelque chose.

Mâlâ avait rétorqué à cet homme richissime que, pour entrer au nirvana, la possession de biens matériels ne servait à rien, et que, s'il ne voulait pas que son bureau de change soit saccagé par les pillards, il n'avait qu'à laisser sa porte ouverte. Le bonhomme avait quitté l'oasis en emportant avec lui tout ce qui était transportable, tout comme la quasi-totalité des familles riches. Si bien qu'il ne restait plus à Koutcha que les pauvres, ainsi qu'une poignée d'intellectuels idéalistes... et, bien sûr, la communauté du Cheveu.

La fille de Yao Xing sentit qu'on lui effleurait l'épaule. C'était Mâlâ, dont le visage n'était plus aussi impavide qu'au moment où il avait harangué ses ouailles.

— Ton père est à la porte du Cheveu ! Que dois-je lui dire ?

Persuadée qu'elle n'aurait plus jamais l'occasion de se retrouver nez à nez avec son géniteur, Lune Rousse se redressa comme un ressort :

— Ne t'inquiète pas ! J'en fais mon affaire !

Malgré son ton bravache, la fille de Yao Xing avait l'impression que le ciel lui tombait sur la tête et elle n'avait aucune idée de ce qu'elle allait bien pouvoir raconter à son père.

À quelques mètres de là, ce dernier s'impatientait. D'une humeur massacrante, bien que ses troupes n'aient rencontré aucune résistance, ainsi qu'Élévation l'avait anticipé, il avait directement déboulé au monastère, à la tête d'une cinquantaine de ses cavaliers-archers, dont les chevaux multipliaient également les signes d'énervement.

Il n'avait éprouvé aucune satisfaction, aucun apaisement lorsqu'il avait gravi les marches du perron que les mendiants avaient pour une fois désertées, et s'était retrouvé devant une porte, marquée de l'inscription suivante : « Si tu veux cesser de souffrir, entre ici. »

Si le géniteur de Lune Rousse avait été en mesure de déchiffrer cette injonction, il l'aurait trouvée fort à propos, car sa fille adorée apparut derrière la porte.

Passé quelques instants de sidération, Yao Xing, au comble du bonheur, ouvrit ses bras à Lune Rousse.

— Ma petite chérie ! Et dire que je t'ai si longtemps cherchée ! Si j'avais su, je serais venu ici plus tôt !

Sa fille ne bougeant toujours pas, il ajouta :

— Je te ramène à Chang'an !

La jeune moniale fit un pas en arrière.

— Ma vie est désormais ici, loin du fracas du monde !

Tout en désignant le jeune supérieur du Cheveu, elle ajouta :

— Devant maître Mâlâ aux Cent Huit Grains, j'ai juré de consacrer le restant de mon existence présente aux Nobles Vérités du Bienheureux ...

Yao Xing ne s'attendait pas à un tel coup de massue. Tout à sa joie de revoir sa fille, il avait fait abstraction de son crâne rasé et de sa toge rouge. Après l'avoir détaillée des pieds à la tête comme si c'était une bête curieuse, il lui murmura, d'une voix presque gémissante :

— Je t'en supplie, ma petite Lune adorée, aie pitié de ton vieux père... Il a trop besoin de toi...

Pendant que Lune Rousse cherchait la bonne réponse, les chevaux caparaçonnés donnaient de plus en plus de signes de nervosité, et leurs cavaliers se demandaient quelle mouche avait piqué leur chef pour s'attarder ainsi à discuter avec ces deux jeunes bonzes.

La fille connaissait suffisamment le père pour ne pas ignorer qu'en lui opposant un refus frontal elle avait de grandes chances de le braquer définitivement ; elle savait aussi que la meilleure façon de l'amener à temporiser était d'abonder dans son sens, mais moyennant une contrepartie qu'il ne pourrait pas accepter.

— Je ne suis pas un butin de guerre. Si tu veux que je reparte avec toi, tu dois ordonner à tes troupes de se retirer de la ville !

On imagine aisément l'embarras et la consternation de la fille du roi du Qin postérieur, quand celui-ci fit signe d'approcher à un officier qui arborait des insignes de colonel, et lui ordonna de faire repartir séance tenante les cavaliers-archers. Pendant ce temps, une horde de gamins crasseux et dépenaillés avaient envahi le parvis du monastère, se poussant du coude et riant aux éclats, comme seuls les enfants en sont capables, même dans les pires tragédies.

Yao Xing dut réitérer son ordre à deux reprises, avant que ses soldats ne repartent au grand galop, dans un nuage de poussière et sous les hurlements des mioches. À ce moment-là, il ne doutait pas une seconde que sa fille chérie se jetterait dans ses bras et que, le moment venu, elle deviendrait la Fille du Ciel. Mais, arrivé en haut des marches, il tomba de haut. La porte du Cheveu s'était refermée.

35

La « martingale » du tyran

Yao Xing examinait la vingtaine de plaquettes de jade que le chef de la guilde des changeurs de Koutcha lui avait fait parvenir et que son aide de camp avait déposée sur la table de sa salle d'armes.

Attachées avec un cordon en coton, elles étaient accompagnées d'une planchette de bambou sur laquelle on avait calligraphié, en style de chancellerie, de façon à faciliter la lecture de ses idéogrammes, le message suivant :

> La guilde des changeurs a l'honneur d'offrir ce modeste présent à Votre Majesté, pour la remercier de la clémence, digne des Grands Empereurs, dont elle a fait preuve en retirant ses glorieuses armées de Koutcha. Dix mille ans de vie à Yao Xing !

C'étaient moins les plaquettes qui intéressaient le roitelet, même si le prix du jade dépassait de loin celui de l'or, que la teneur de ce compliment, qu'il avait le plus grand mal à déchiffrer.

— Votre Majesté, le bonze venu de l'ouest patiente dans votre antichambre ! l'interrompit un garde, venu claquer des talons devant lui.

Lorsque le père de Lune se précipita vers l'escalier, ceux qui le côtoyaient ne l'auraient pas reconnu. Non seulement il ne vitupérait plus contre la Terre entière, mais il affichait la mine satisfaite de la personne persuadée d'avoir trouvé la martingale.

Après le camouflet de sa fille, il était si hébété qu'il avait eu toutes les peines du monde à remonter sur son cheval. Quand on lui avait appris le décès d'Élévation des Rites et de Longévité dans la Peau, dont ses soldats avaient retrouvé les corps à moitié dévorés par les renards du désert, il s'en était fallu de peu, même s'il se fichait éperdument du sort des deux victimes, qu'il n'ordonne à ses troupes de revenir à Koutcha et de mettre le feu au monastère. Il s'était retenu uniquement de crainte que Lune Rousse ne soit alors la proie des flammes. Depuis son retour dans la capitale, il broyait du noir, et comme il ne mettait pratiquement plus le nez dehors, certaines mauvaises langues prétendaient qu'il n'en avait plus pour longtemps…

… Jusqu'à ce que, deux heures plus tôt, le Bureau invisible lui signalât la présence à Chang'an de Mâlâ aux Cent Huit Grains. Le tyranneau avait immédiatement ordonné que le supérieur du Cheveu lui soit amené.

Le successeur de Maître K s'était rendu à Chang'an à la demande expresse de son mentor, dont le moral n'était pas au beau fixe, car le nombre des convertis aux Nobles Vérités stagnait désespérément. D'où sa stupéfaction quand trois gendarmes étaient venus le cueillir, au moment où il consolait Terre Pure, devant l'Amithabâ en basalte noir.

À présent, il conjurait son angoisse, en concentrant son regard sur les dragons en bronze enroulés sur eux-mêmes qui servaient à faire coulisser les portes du cabinet de travail du roitelet.

Même si Yao Xing, qui venait de débouler dans son antichambre, semblait de bonne humeur, les craintes du missionnaire allaient se dissiper totalement, lorsque, une fois poussé par le roitelet dans son bureau, il découvrit le buffet chargé de victuailles qu'on y avait dressé, et devant lequel il y avait une table et deux chaises.

Le père de Lune fit asseoir le jeune supérieur face à lui et éleva au niveau de son nez l'une des deux tasses remplies d'alcool de sorgho qu'un serviteur avait apportées.

— Heureux de t'accueillir dans ma modeste capitale !

Mâlâ aurait été bien en peine de boire la moindre goutte d'alcool. Ne sachant trop quoi répondre, il se contenta de désigner le buffet d'un geste vague.

— Il ne fallait pas vous donner tant de mal pour le végétarien que je suis !

— Je suis sûr que tu feras exception à ta règle ! Ce sont là des mets impériaux ! s'écria Yao Xing en se dirigeant vers le serviteur venu entre-temps se poster derrière le buffet, sur la pointe des pieds, avec l'allure d'un condamné montant à l'échafaud.

Mâlâ avait du mal à contenir un haut-le-cœur devant les langues de porc confites, les cœurs de canard frits, la carpe aux dix mille parfums, les sauterelles caramélisées, les crêtes de coq bouillies, puis sautées à l'huile de sésame, et autres champignons noirs à la persillade et à l'ail, autant de plats dont le serviteur détaillait la composition, tout en jetant de temps à autre un coup d'œil mi-apeuré mi-étonné en direction de Yao Xing, car cela faisait bien longtemps qu'il n'avait pas vu son maître d'une humeur si badine.

Yao Xing avait fait remplir son bol avec des cœurs de canard et des langues de porc. Mâlâ, lui, désigna au serviteur des petits cubes en pâte de soja qui formaient une pyramide dont la base baignait dans une sauce marron foncé. C'était là le seul mets qu'il pouvait s'autoriser à goûter, à l'exception du chou braisé aux carottes et à la coriandre, mais il n'était pas sûr que ces légumes n'aient pas été rissolés dans de la graisse d'oie.

Les deux convives regagnèrent leurs places respectives. Puis Yao Xing, la bouche à moitié pleine, mais la mine toujours aussi satisfaite, déclara :

— Et si j'érigeais les Nobles Vérités en religion d'État ?

Après une petite lampée de brûle-gueule, il ajouta :

— Qu'en dirais-tu ?

Le successeur de Maître K n'en croyait pas ses oreilles. Le père de Lune Rousse était-il vraiment prêt à une telle extrémité pour récupérer sa fille ? Ou bien n'était-ce là qu'une manœuvre de plus ? Mâlâ aurait payé cher pour le savoir.

Son palais en feu à cause de la sauce marron foncé, il bredouilla :

— Majesté, je pense que ce serait là une décision intéressante !

Le roitelet s'était levé et ses yeux lançaient des éclairs. Il appuya ses poings sur la table, puis se pencha vers cet interlocuteur dont il voyait bien qu'il ne lui livrait pas le fond de sa pensée.

— Et si je faisais construire à Chang'an le plus grand monastère sous le Ciel, doté d'une pagode aussi haute que les Coussins Rouges, et placarder les Nobles Vérités aux quatre coins de mon royaume, serais-tu prêt à me ramener ma fille ?

Dans ses petits souliers, le successeur de Maître K se racla la gorge.

— En tout cas, je ferai de mon mieux pour la persuader de revenir auprès de vous, Votre Majesté !

Alors que Mâlâ avait répondu cela d'une voix mal assurée, Yao Xing, toujours debout, s'écria, tout en fixant son serviteur :

— Un patron n'a nullement besoin de convaincre ses subordonnés ! Le maître décide et l'esclave exécute !

Conscient de sa maladresse, le jeune supérieur se demandait comment le Grand Traducteur aurait réagi, face à une perspective aussi mirobolante qu'irréelle. Même si Maître K disait qu'une croyance était avant tout une affaire individuelle, qu'aurait-il fait à sa place, devant la proposition consistant à convertir au bouddhisme le Qin postérieur d'un simple trait de pinceau ? Le cerveau de Mâlâ aux Cent Huit Grains tournait à cent à l'heure. De plus en plus désarçonné, il se leva à son tour de sa chaise, prêt à dire au père de Lune Rousse qu'il se faisait fort de convaincre sa fille. Mais le roi du Qin postérieur avait déjà disparu de son bureau.

36

La responsabilité du chef

Devant l'Amithabâ en basalte noir, Terre Pure n'était qu'à moitié satisfait, à présent que Mâlâ avait achevé de lui narrer la façon dont s'était achevée son entrevue avec le roitelet. Posant sa main sur la statue du Bouddha du futur, comme s'il le prenait à témoin, il dit :

— Il faut souhaiter que Lune Rousse ne nous fera pas perdre une telle occasion ! Ce genre de plat ne passe qu'une fois...

Le jeune supérieur se raidit. Il avait eu le temps de réfléchir et il ne regrettait plus de ne pas avoir su saisir au bond la balle lancée par Yao Xing. Une religion, ça ne se décrétait pas. Et surtout pas les Nobles Vérités. C'était une affaire d'âme, de conscience, de volonté, de lucidité... et cela ne pouvait pas découler d'une simple mesure juridique. Il bouillait intérieurement et répliqua :

— Rien n'est moins sûr ! Elle en veut beaucoup à son père... Si j'étais à sa place, j'en ferais autant !

Devant la mine déconfite du révérend, il regretta immédiatement ses propos.

Le vieux bonze, qui s'était mis à marcher de long en large, s'arrêta net devant Mâlâ :

— Vu la confiance qu'elle a en toi, je ne doute pas que ton avis pèsera lourd dans sa décision !

— Nul ne peut présager de ce qui peut se passer dans la tête d'autrui..., ne put s'empêcher de lui répondre le successeur de Maître K avec un hochement de tête.

Et levant les yeux vers le ciel, où des grues signalaient leur passage avec leurs cris, il ajouta :

— Les Nobles Vérités n'ont pas besoin d'églises pour être portées au loin... Elles s'adressent au cœur des êtres. Elles triompheront quoi qu'il arrive ! Comme ces oiseaux, qui n'ont besoin de personne pour survoler le monde !

— À ton âge, j'étais comme toi, plein d'illusions et persuadé que l'institution dénaturait l'esprit... J'en suis revenu. Une religion sans églises est un corps sans vie... Avec ce que propose Yao Xing, la nôtre gagnerait des siècles...

— Les Nobles Vérités sont pareilles à un fleuve. Elles finiront bien par rejoindre la mer ! fit Mâlâ, l'air de plus en plus buté.

Ne s'étant jamais posé la question du rôle d'un missionnaire, il abhorrait cette idée d'un monastère comme un poste militaire, doté d'un général – en l'espèce, lui-même – dont le devoir aurait été de lancer ses troupes – les membres de la communauté du Cheveu – à l'offensive.

Les yeux mouillés de larmes, le vieux bonze eut un long soupir.

— Si j'en avais eu les moyens, j'aurais trouvé un endroit plus vaste, mieux placé que cette maison coincée au fond d'une petite rue… et je l'aurais surmonté d'une pagode en bonne et due forme. Les fidèles ont besoin d'un signal… et un magasin, ça attire d'autant plus les clients que c'est très fréquenté.

Pendant que Terre Pure s'exprimait, son protégé avait piqué du nez. Pas plus tard que le mois précédent, il avait renvoyé dans ses buts l'économe du Cheveu, après que celui-ci était venu lui proposer de faire fructifier l'argent de la communauté en le prêtant à de riches commerçants, moyennant des taux d'intérêt confortables, ou en l'investissant dans des commerces lucratifs. Car depuis que les troupes de Yao Xing s'étaient retirées, les dons affluaient, les gens étant persuadés que le roitelet avait reculé de peur de déplaire au successeur de Maître K.

Au comble du désespoir, Terre Pure semblait avoir vieilli de dix ans. Même s'il n'en était pas encore à regretter d'avoir misé sur Mâlâ, lui qui s'échinait à divulguer les Nobles Vérités en terre Han, il était à la fois déçu et quelque peu surpris de la réaction de son protégé. Jouant le tout pour le tout, il posa ses mains sur les épaules de ce dernier et lui lança durement, et en détachant les syllabes :

— Mâlâ aux Cent Huit Grains, tu n'es plus l'assistant de Maître K. Tu es le supérieur du Cheveu. Un chef se doit d'agir en responsabilité, et dans l'intérêt souverain de la cause à laquelle nous avons, toi et moi, voué nos misérables vies présentes ! Un missionnaire est un combattant de l'esprit !

Le jeune supérieur ferma ses paupières et les images affluèrent : le Grand Traducteur à la tâche ; les sommets enneigés du toit du monde ; les ruines du monastère de Nalanda ; Nestor l'empêchant de sauter dans le vide ; la miraculeuse réapparition du saint cheveu ; la petite panthère des neiges qui avait causé la mort de Nestor ; la crémation de Maître K ; Terre Pure faisant l'article sur lui devant la communauté réunie... Autant de visions qui lui semblaient comparables aux grains d'un chapelet qui, au dernier jour de son existence terrestre, en comporterait bel et bien cent huit...

Lorsqu'il ouvrit les yeux, il constata que son protecteur était agenouillé devant lui.

Tout en aidant le vieux bonze à se relever et avec l'air penaud d'un enfant pris en faute, il murmura :

— Il ne fallait pas me confier une charge qui me dépasse !

À travers ses larmes, le révérend éclata de rire.

— Si tu m'avais connu à ton âge ! J'avais peur de tout et je sursautais au moindre grincement de porte...

Il ajouta, en administrant une petite tape amicale sur la joue de son protégé :

— Là où il se trouve, Maître K peut être fier de toi !

Mâlâ leva les yeux vers le ciel, où le vol des oiseaux migrateurs s'étirait majestueusement. Comme un trait d'union qui le reliait au Grand Traducteur.

37

Les Nobles Vérités sous le Ciel

Yao Xing finissait de s'habiller. Dans moins d'une heure, les Nobles Vérités auraient officiellement droit de cité sous le Ciel du Qin postérieur.

Il suffisait pour cela que le décret le stipulant soit lu par trois fois et à haute voix par un mandarin, puis qu'il soit gravé sur une planche de cèdre, qui servirait de support aux estampages en vertu desquels les habitants du Qin postérieur étaient censés ne pas ignorer la loi.

Ce rituel de promulgation des textes officiels était calqué sur celui qui avait cours du temps de l'Empire, quand les lois étaient lues trois fois de suite par le Grand Archiviste, puis gravées sur des vases de bronze, ainsi que sur des stèles en marbre, avant leur diffusion aux quatre coins du pays. Les préfets avaient droit aux vases et aux stèles, tandis que les fonctionnaires subalternes devaient se contenter d'estampages.

Au Qin postérieur, on en était réduit à graver les textes des lois et des décrets sur des planches de cèdre : il n'y avait plus de bronziers ni de graveurs de stèles de marbre dignes de ce nom.

Le géniteur de Lune Rousse refusa, comme à l'accoutumée, le miroir que lui tendait son aide de camp et apporta la touche finale à son harnachement, en accrochant l'une à l'autre les deux parties du dragon à cinq griffes de sa boucle de ceinture. Cet attribut impérial n'empêchait pas notre roitelet de douter de lui.

N'allait-il pas un peu trop vite en besogne ?

La veille, il s'en était fallu de peu qu'il annule tout. Terre Pure lui avait annoncé que Lune Rousse n'avait pas été en mesure de faire le déplacement, car elle était souffrante. S'il s'était résolu à maintenir la cérémonie, c'était après avoir pris connaissance de la lettre que sa fille lui avait adressée, et dans laquelle elle écrivait que, les médecins lui déconseillant un si long voyage, ce n'était là que partie remise, et qu'elle se faisait une grande joie de retrouver son père « sous les auspices des Nobles Vérités ».

Alors que Yao Xing finissait de s'habiller, Terre Pure et Mâlâ aux Cent Huit Grains se trouvaient sur la terrasse d'où le roitelet assistait aux exécutions capitales. Les deux bonzes étaient entourés de quelques mandarins endimanchés. Le révérend buvait du petit-lait : sûr et certain que Yao Xing était prêt à tout pour récupérer Lune Rousse, c'est lui qui avait eu l'idée de ne pas la faire venir. Il fallait à tout prix éviter que le tyran ne profite de la présence de sa fille pour s'exonérer de sa promesse, et Yao Xing, comme c'était prévisible, n'avait vu que du feu dans la missive que Lune avait écrite sous sa dictée.

Mâlâ, quant à lui, s'efforçait de faire bonne figure, car les manigances n'étaient pas son fort. Cela ne l'avait pas empêché de se faire une raison.

Parmi l'assistance, il y avait aussi Lucidité du Pinceau, un confucéen pur jus, auquel il appartiendrait de déclarer par trois fois : « Moi, Yao Xing, souverain du Qin et bientôt de l'Empire, ordonne à mon peuple d'adopter les Nobles Vérités de Gautama le Bouddha, et d'assurer la subsistance des personnes qui se chargeront de les lui enseigner. »

Même si Lucidité ne voyait pas d'un très bon œil l'officialisation d'une idéologie venue de l'étranger et qui prônait le partage des biens matériels entre les riches et les pauvres, flatté que l'on fît appel à lui, il s'était longuement entraîné à déclamer ces phrases ! Peu habitué à côtoyer Yao Xing, il se liquéfia quand le roitelet déboula en s'écriant :

— On ne va pas traîner. Trop de devoirs m'attendent !

Chez le père de Lune, c'était devenu une habitude que de mettre ses obligés sous pression, au prétexte d'un emploi du temps chargé et d'une tâche écrasante. Depuis qu'il n'avait plus de stratège, il gérait ses journées au gré de ses foucades, négligeant l'essentiel et s'attardant sur les peccadilles.

Après que le lettré eut achevé ses lectures d'une voix chevrotante, Mâlâ, qui prenait sur lui, s'adressa à Yao Xing :

— Un grand souverain se juge à la largeur de ses vues. Le Qin postérieur a une immense chance de pouvoir compter sur une personne de la trempe de Votre Majesté.

Ce compliment, dont Terre Pure avait pesé chaque mot et que Mâlâ avait formulé sur un ton un peu trop forcé, le roitelet ne l'avait écouté que d'une oreille, en même temps qu'il regardait le jardin d'un œil vague et que les graveurs commençaient à inciser, à l'aide d'une gouge, le bois de cèdre sur lequel ils verseraient l'encre.

Tandis qu'ils s'affairaient, Yao Xing fixait éperdument les cimes des ginkgos. Notre tyranneau avait abandonné toute velléité de procréation, et imaginait déjà sa Lune Rousse chérie recevant le mandat du Ciel, lui-même ayant fait renaître la Grande Chine de ses cendres !

Pour un peu, il se serait cru immortel, et il continuait à se construire des châteaux en Espagne quand les graveurs levèrent enfin leurs gouges.

Terre Pure eut un petit gloussement de satisfaction et Mâlâ aux Cent Huit Grains un air mi-figue mi-raisin : le décret conférant officiellement droit de cité au bouddhisme en terre Han venait d'être inscrit dans le bois.

38

Le verger aux jujubes

Le soleil déclinait à vue d'œil et Lune Rousse avait le cœur serré à l'idée qu'elle ne pourrait plus se promener dans le verger aux jujubes, à la tombée de la nuit.

Cette plantation s'étendait au nord-ouest de l'oasis. Elle était le résultat du pari un peu fou d'un marchand d'étoffes qui avait rapporté de Chine une dizaine de plants de ces arbres capables de résister à des amplitudes de température hors du commun, à condition que leurs racines soient correctement irriguées.

Impeccablement alignés, les jujubiers étaient au comble de leur floraison. Leurs fleurs semblaient illuminées de l'intérieur. Agglutinées par grappes à l'aisselle de leurs feuilles, dentées et d'un vert soutenu, elles apportaient une touche de légèreté et de douceur au tronc tortueux de cet arbre, dont les branches sont hérissées de longues épines.

Au milieu de sa chère plantation, la fille de Yao Xing envisageait avec angoisse son retour dans le giron paternel. Même si une telle perspective ne l'enchantait guère, elle se disait qu'elle s'y pliait pour la bonne cause.

À ses yeux, Mâlâ aux Cent Huit Grains avait su trouver les mots pour la convaincre de revenir à Chang'an. Il est vrai que Lune Rousse avait une telle admiration pour le successeur de Maître K qu'elle n'avait pas été capable de déceler la gêne du jeune supérieur quand il lui avait servi le discours dont Terre Pure avait pesé chaque terme : elle ne devait surtout pas se sentir obligée de revenir chez son père, mais ce dernier avait rendu un immense service à son peuple, avec le décret des Nobles Vérités ; sans parler de la promesse qu'elle lui avait faite dans sa lettre et qu'il était souhaitable qu'elle honore.

Alors que les larmes ruisselaient sur ses joues, elle aperçut deux silhouettes de femmes qui couraient à travers le verger. Hormis la période où l'on taillait les jujubiers et celle de la récolte de leurs fruits, il n'y avait jamais âme qui vive dans la plantation.

Ces femmes avaient l'air de fuir. Elles retenaient leurs longues robes, de façon à ne pas les piétiner en courant. Sans plus réfléchir, Lune se mit à leur faire de grands signes…

C'étaient Persil et Ambre Rouge. Les deux jeunes femmes venaient de s'échapper des griffes d'un caravanier perse qui comptait les vendre au marché aux esclaves d'Ispahan. Elles ignoraient qu'elles étaient tombées sur un salopard. Cet individu leur avait proposé de les convoyer jusqu'à Koutcha, alors qu'elles faisaient le tour des clients de l'auberge où elles avaient atterri sans le moindre sou vaillant, après avoir été abandonnées en rase campagne par un marchand sogdien qui leur avait soutiré la totalité de leurs maigres économies pour les conduire au même endroit.

Les deux jeunes femmes avaient décidé de finir leur existence dans un monastère bouddhiste. En bonne adepte des Nobles Vérités, Ambre Rouge avait entendu parler de celui du Cheveu, dont certains dévots prétendaient que la tour-pagode illuminait le désert et que les moines faisaient un bon accueil à tout le monde, y compris au sexe faible. Elle était lasse de côtoyer l'infamie générée par la grande ville. Et quant à Persil, elle voulait expier ses crimes en se consacrant à la médiation et aux indigents.

Sa conversion aux Nobles Vérités s'était effectuée naturellement. Après avoir échappé aux griffes de Longévité dans la peau, Persil, qui était attirée par le Christ, avait entraîné son amie chez l'évêque Nicodème, mais elles avaient trouvé porte close. Ambre Rouge avait alors proposé à Persil de lui faire rencontrer Terre Pure, lequel les avait accueillies sans leur poser la moindre question.

Outre les *jâtâkâs*, que le vieux bonze racontait à ses ouailles pour leur donner envie d'embrasser les Nobles Vérités, Persil avait découvert que le bienheureux Bouddha aimait tout autant son prochain que Jésus le Galiléen, et qu'il y avait, somme toute, fort peu de différences entre le nirvana et le Ciel… Si bien que l'on pouvait expier ses crimes aussi bien en consacrant sa vie au bienheureux Bouddha qu'à Jésus-Christ.

Au cours de leur périple, les deux fugitives avaient échappé au pire. À la suite de leur déconvenue avec le Sogdien, le marchand perse leur était apparu comme un sauveur : beau parleur, sourire enjôleur, regard de velours et longs cils lissés au khôl, il se rendait à Ispahan, et Koutcha était sur son chemin... Sachant qu'elles étaient à court d'argent, il leur avait assuré qu'elles n'auraient rien à payer...

Sauf que, quelques jours plus tard, le gredin leur avait passé des entraves aux chevilles et avait cessé de leur adresser la parole. Heureusement pour elles, il buvait comme un trou et employait comme factotum un adolescent originaire d'Égypte, du nom de Mohand, qu'il n'arrêtait pas d'injurier et d'humilier, et avec lequel nos deux fugitives avaient rapidement sympathisé.

Une heure auparavant, alors que le Perse cuvait son alcool, elles avaient demandé à Mohand de les détacher. Le factotum ne s'était pas fait prier pour accéder à leurs désirs, avant de défoncer le crâne de son patron à grands coups de pelle. Mohand était ce garçon trapu, les cheveux crépus, la peau noirâtre et vêtu d'un simple pagne, qui courait à grandes enjambées derrière Persil et Ambre.

Dans leur course éperdue, les fugitives n'avaient pas entendu les cris de la fille de Yao Xing. Croyant que le garçon les poursuivait, Lune crut bon de s'interposer entre elles et l'Égyptien.

— Lui, avec nous... notre ami ! hurla alors Persil, à bout de souffle.

— Tu peux me parler normalement, je suis une Han, comme vous, je suppose ! répondit la fille de Yao

Xing, tandis que Mohand, également hors d'haleine, tombait à genoux devant elle.

Lune se sentait en confiance face à ces deux jeunes femmes du même âge qu'elle et qui lui souriaient. De leur côté, les deux fugitives n'avaient pas manqué de détailler la fille de Yao Xing de la tête aux pieds. Ce fut Ambre qui parla la première.

— Ne serais-tu pas une moniale du Cheveu ?

Lune Rousse opina du chef, et Persil posa ses mains sur les bras de celle-ci :

— Nous ne pouvions pas mieux tomber ! C'est là que nous comptons nous rendre !

Comme le dit l'adage : « Qui se ressemble s'assemble. »

Le temps d'arriver au monastère, Lune Rousse connaissait déjà tout des mésaventures des deux jeunes femmes depuis leur départ de la Jungle, ainsi que les raisons qui motivaient leur venue. Son sang n'avait fait qu'un tour quand Persil lui avait raconté comment son père s'était mis en tête de trouver une génitrice avec qui procréer, et avant cela, les circonstances dans lesquelles on l'avait obligée à avorter.

Lorsque l'ancienne prostituée du Phénix s'arrêta de parler, Lune déclara sans ciller le moins du monde :

— Ce Yao Xing me semble tout à fait dans son droit ! Un roi sans descendance est un souverain mort !

Au pied de l'Oie sauvage, la fille du roi du Qin postérieur, Ambre et Persil avaient l'impression de se connaître depuis toujours, et dans le verger aux jujubes, les chers arbres de Lune Rousse n'avaient pas trop de soucis à se faire : ils continueraient à recevoir de la visite.

Lune Rousse se le jura en marchant sur l'ombre de la tour-pagode qui s'étirait démesurément sur le sol : elle finirait sa vie à Koutcha, en compagnie de ses deux nouvelles amies ! Et seul Nestor, s'il revenait, à moins qu'elle ne le rejoigne dans le firmament, pourrait la faire changer d'avis.

Post-scriptum

Yao Xing était loin de se douter des bienfaits qu'allaient apporter les Nobles Vérités au peuple Han.

*

* *

À la base de l'expansion du bouddhisme en Chine, il y a un cercle vertueux, la ferveur religieuse se traduisant par un transfert des richesses et des terres au profit des monastères, ce qui profitait – du moins en partie – aux couches les plus pauvres de la population.

Sans un tel mécanisme de redistribution, une idéologie d'origine étrangère telle que le bouddhisme n'aurait jamais pu franchir si facilement la Grande Muraille et y prendre racine, comme ce fut le cas à partir du VIe siècle, époque à laquelle la Chine fut de nouveau morcelée, jusqu'aux Tang, dont certains empereurs étaient bouddhistes.

Contrairement au confucianisme, morale sociale fondée sur le respect des traditions et de la loi, et au taoïsme, relatif à la place de l'homme et de son corps dans l'ordre cosmique, le bouddhisme s'adressait aux gens de peu, auxquels il apportait, outre l'espoir de ne plus endurer de souffrances, une vie moins affamée, mais également une forme de féerie, avec la figure du Bouddha et ses étonnantes vies antérieures.

Remerciements

L'auteur remercie :

Bernard Fixot, pour sa confiance, ainsi qu'Édith Leblond et Catherine de Larouzière, « gardiennes de la flamme » ;

L'équipe éditoriale qui lui permet d'espérer que les lecteurs le liront pour le plaisir : Renaud Leblond, Sarah Hirsch et particulièrement Rebecca Benhamou ; sans oublier Marianne Colombier et René Clémenti, qui ont relu et corrigé le manuscrit ;

Bruno Barbette, qui a le don de faire d'un livre un objet désirable ;

David Strepenne, qui fait en sorte qu'il trouve grâce aux yeux des libraires ;

Stéphanie Le Foll et Anissa Naama, qui ont la tâche ardue de convaincre les médias d'en parler.

Table

Du même auteur

La Petite Voleuse de la soie, XO Éditions, 2019.
Nous étions deux, XO Éditions, 2019.
Le Père David, l'impératrice et le panda, XO Éditions, 2017 ; Pocket, 2019.
Gengis Khan, t. 1 : *L'homme qui aimait le vent*, XO Éditions, 2015 ; Pocket, 2017.
Gengis Khan, t. 2 : *Le Conquérant*, XO Éditions, 2016 ; Pocket, 2017.
Moi, Confucius, XO Éditions, 2013.
Le Dictionnaire amoureux de la Chine, Plon, 2013.
Les Dix Mille Désirs de l'empereur, XO Éditions, 2009 ; Pocket, 2011.
Gandhi, t. 1 : *Je suis un soldat de la paix. Biographie*, XO Éditions, 2007.
Gandhi, t. 2 : *Et l'Inde sera libre !*, XO Éditions, 2007.
Zao Wou-ki, Hazan, 2007.
Quand les Chinois cesseront de rire, le monde pleurera, essai, XO Éditions, 2007.
L'Empire des larmes, t. 1 : *La Guerre de l'opium*, XO Éditions, 2006 ; Pocket, 2008.

L'Empire des larmes, t. 2 : *Le Sac du palais d'Été*, XO Éditions, 2006 ; Pocket, 2008.

Le Centre d'appel, Au Diable Vauvert, 2006.

Il était une fois la Chine. 4 500 ans d'histoire, XO Éditions, 2005.

Moi, Bouddha, XO Éditions, 2004 ; Pocket, 2006.

L'Impératrice de la soie, t. 1 : *Le Toit du monde*, XO Éditions, 2003 ; Pocket, 2005.

L'Impératrice de la soie, t. 2 : *Les Yeux de Bouddha*, XO Éditions, 2004 ; Pocket, 2005.

L'Impératrice de la soie, t. 3 : *L'Usurpatrice*, XO Éditions, 2004 ; Pocket, 2005.

Le Disque de jade, t. 1 : *Les Chevaux célestes*, XO Éditions, 2002 ; Pocket, 2004.

Le Disque de jade, t. 2 : *Poisson d'or*, XO Éditions, 2002 ; Pocket, 2004.

Le Disque de jade, t. 3 : *Les Îles immortelles*, XO Éditions, 2003 ; Pocket, 2004.

Le Caravage, peintre et assassin, Gallimard, 1995.

La Télévision par câble, Puf, 1990.

Voyage au centre du pouvoir. La vie quotidienne à Matignon au temps de la cohabitation, Odile Jacob, 1989. *La Guerre des images*, Denoël, 1986.

Le Coût d'État permanent, La Table ronde, 1984.

Composition et mise en pages
Nord Compo à Villeneuve-d'Ascq

FSC
www.fsc.org
MIXTE
Papier issu
de sources
responsables
FSC® C123930

Soucieuses de la préservation de
l'environnement, les éditions XO
utilisent du papier issu de forêts
gérées de manière responsable.

Impression réalisée par CPI BUSSIÈRE
Saint-Amand-Montrond (Cher), en octobre 2021

N° d'édition : 4670/01 - N° d'impression : 2061026
Dépôt légal : novembre 2021

Imprimé en France